Fabian Lenk
Die Zeitdetektive
Kleopatra und der Biss der Kobra

Fabian Lenk

Die Zeitdetektive

Kleopatra und der Biss der Kobra

Band 15

Mit Illustrationen von Almud Kunert

Ravensburger Buchverlag

Bibliografische Information der Deutschen Nationalbibliothek

Die Deutsche Nationalbibliothek verzeichnet diese Publikation in der Deutschen Nationalbibliografie; detaillierte bibliografische Daten sind im Internet über **http://dnb.d-nb.de** abrufbar.

1 2 3 4   12 11 10 09

© 2009 Ravensburger Buchverlag Otto Maier GmbH
Umschlag und Innenillustrationen: Almud Kunert
Lektorat: Jo Anne Brügmann

Printed in Germany

ISBN 978-3-473-34534-2

www.ravensburger.de
www.fabian-lenk.de

Inhalt

Die Spinne 9
Der Mann auf dem Gerüst 19
Der geheimnisvolle Papyrus 38
Das Krokodil 52
Der Verdacht 63
Die Kobra 69
Der Mann ohne Namen 75
Die Sackgasse 88
Eine Stadt in Aufruhr 96
Kijas Spezialeinsatz 104
Der Skorpion 109
Absolut tödlich 121
Das Licht 131
Ein Geheimnis wird gewahrt 142

Kleopatra, die rätselhafte Königin vom Nil 145
Glossar 150

Kim, Julian, Leon und Kija – die Zeitdetektive

Die schlagfertige Kim, der kluge Julian, der sportliche Leon und die rätselhafte, ägyptische Katze Kija sind vier Freunde, die ein Geheimnis haben …
Sie besitzen den Schlüssel zu der alten Bibliothek im Benediktinerkloster St. Bartholomäus. In dieser Bücherei verborgen liegt der unheimliche Zeit-Raum „Tempus", von dem aus man in die Vergangenheit reisen kann. Tempus pulsiert im Rhythmus der Zeit. Es gibt Tausende von Türen, hinter denen sich jeweils ein Jahr der Weltgeschichte verbirgt. Durch diese Türen gelangen die Freunde zum Beispiel ins alte Rom oder nach Ägypten zur Zeit der Pharaonen. Aus der Zeit der Pharaonen stammt auch die Katze Kija – sie haben die Freunde von ihrem ersten Abenteuer in die Gegenwart mitgebracht.

Immer wenn die drei Freunde sich für eine spannende Epoche interessieren oder einen mysteriösen Kriminalfall in der Vergangenheit wittern, reisen sie mithilfe von Tempus dorthin.

Tempus bringt die Gefährten auch wieder in die Gegenwart zurück. Julian, Leon und Kim müssen nur an den Ort zurückkehren, an dem sie in der Vergangenheit gelandet sind. Von dort können sie dann in ihre Zeit zurückreisen.

Auch wenn die Zeitreisen der vier Freunde mehrere Tage dauern, ist in der Gegenwart keine Sekunde vergangen – und niemand bemerkt die geheimnisvolle Reise der Zeitdetektive ...

Die Spinne

Da! Gleich war es so weit! Kim starrte nach vorn zur Lehrerin. Irmtraud Wellenberg-Otenbröck, eine Frau Mitte fünfzig mit Pagenschnitt und randloser Brille, unterrichtete die Klasse gerade in Biologie. Schlangenarten standen auf dem Stundenplan. Doch was sich da von der Decke auf die linke Schulter der Lehrerin abseilte, war garantiert keine Schlange, sondern eine ziemlich fette Spinne.

Kim freute sich schon auf den Moment, in dem die Lehrerin die Spinne entdecken würde. Würde die Lehrerin kreischen oder in Ohnmacht fallen? Kim konnte Frau Wellenberg-Otenbröck nicht besonders gut leiden, weil sie irgendwann vergessen hatte, wie man lachte, und außerdem strenge Noten verteilte. Auch Leon und Julian, die mit Kim in dieselbe Klasse gingen, hatten andere Lieblingslehrer.

Jetzt war die Spinne nur noch wenige Zentimeter von der Schulter der Lehrerin entfernt. Gleich würde es lustig werden! Kim schaute hinüber zu Leon und Julian.

Beide feixten. Offenbar hatten auch sie das Krabbeltier entdeckt.

Irmtraud Wellenberg-Otenbröck deutete nach links zur Tafel, während sie sprach – und schaute genau auf die Spinne, die nun wenige Zentimeter vor ihrer Nase baumelte.

Kim hielt die Luft an.

Doch zu ihrer Enttäuschung folgte kein Schrei. Während in der Klasse vereinzelt Gelächter laut wurde, nahm Frau Wellenberg-Otenbröck die Spinne in die Hände, öffnete das Fenster und setzte das Tier raus. Ganz cool, ohne mit der Wimper zu zucken.

„So, das hätten wir", sagte die Lehrerin gelassen. „Weiter im Text. Habt ihr gewusst, dass …"

Kim hörte nur halb zu. Es gab Fächer, die sie mehr interessierten. Geschichte zum Beispiel. Andererseits gehörte Irmtraud Wellenberg-Otenbröck zu den Lehrerinnen, die bevorzugt unangemeldete Tests schreiben ließen. Und deshalb war es stets ratsam, dem Unterricht zu folgen. Kim seufzte leise und versuchte, sich auf die Worte der Bio-Paukerin zu konzentrieren.

„Kommen wir nun zur *Uräusschlange*", sagte die Lehrerin jetzt. „Einem ganz besonderen Tier aus der Gattung der Kobras. Denn diese Schlange galt den alten Ägyptern als heilig. Schaut euch mal das Foto auf Seite sechsundvierzig in eurem Buch an."

Nun war Kim wieder ganz bei der Sache. Die alten Ägypter? Nur zu gut erinnerte sie sich an ihr Abenteuer bei der *Pharaonin Hatschepsut*. Die einstige Königin vom Nil hatte als Machtsymbol ein Stirnband getragen, das mit einer goldenen Uräusschlange geschmückt gewesen war! Rasch schlug sie die Seite auf. Sie sah eine dunkelbraune Schlange, die sich drohend aufgerichtet und den Kragen aufgestellt hatte.

„Die Uräusschlange wird bis zu zweieinhalb Meter lang und jagt in der Nacht Kröten und Vögel. Ihr Biss ist sehr giftig. Ja, Kim?"

„Ich habe gelesen, dass der Biss einer Uräusschlange tödlich ist", sagte Kim, die sich gemeldet hatte. „Starb nicht auch die berühmte Pharaonin *Kleopatra* durch den Biss einer solchen Schlange?"

Die Lehrerin schüttelte den Kopf. „Nein, das ist sehr unwahrscheinlich. Der Biss der Uräusschlange ist zwar höchst gefährlich, aber nur ganz selten tödlich. Ich kenne die Geschichte natürlich auch. Demnach hat sich Kleopatra VII. von einer Uräusschlange beißen lassen, um Selbstmord zu begehen. Das ist aber mit ziemlicher Sicherheit Unsinn."

Überrascht blickte Kim zu Leon und Julian hinüber. Ihre Freunde wirkten wie elektrisiert.

Wenn es nicht der Biss der Schlange war, was war es dann gewesen? Woran war Kleopatra in Wirklichkeit gestorben? Der Sache mussten sie unbedingt auf den Grund gehen!

„Jungs, was haltet ihr von einem kleinen Besuch in der Bibliothek?", fragte Kim ihre Freunde auf dem Heimweg von der Schule. „Es muss doch in irgendeinem Buch stehen, was damals wirklich vorgefallen ist!"

„Gern", erwiderte Julian. „Ich kenne auch nur die Variante mit dem Selbstmord durch den Kobrabiss. Wir könnten uns nach den Hausaufgaben in der Bibliothek treffen. Oder, Leon?"

„Klar, ich bin dabei", sagte der Junge mit den vielen Sommersprossen.

Die Bibliothek im uralten Benediktinerkloster St. Bartholomäus lag verlassen vor ihnen. Wie üblich hatten die Freunde für ihren Besuch eine Stunde gewählt, in der die Bibliothek geschlossen war, um ungestört zu sein. Schließlich besaß Julian einen Schlüssel. Die Kinder wurden von einer hübschen Katze mit smaragdgrünen Augen begleitet. Kija wieselte um Kims Beine herum und versuchte, einen kleinen Ball zu fangen, den das Mädchen vor sich her kickte.

Kurz darauf machten sich Julian, Leon und Kim auf die Suche nach Literatur über Kleopatra VII. Sie wälzten mehrere Fachbücher und recherchierten im Internet.

„Die Geschichte über den Kobrabiss stammt aus der Feder von *Plutarch*", las Leon vor, der vor einem Computer hockte und mithilfe einer Suchmaschine fündig geworden war. „Plutarch war ein Schriftsteller. Allerdings schrieb er diesen Text hundert Jahre nach Kleopatras Tod. Seine Quelle war sein Großvater, der einen Leibarzt kannte, der wiederum mit einem Koch befreundet war, der am Hof der Pharaonin gearbeitet haben soll, als Kleopatra starb. Und dieser Koch soll von dem Kobrabiss berichtet haben. Na ja, besonders glaubwürdig klingt das alles nicht …"

„Allerdings", stimmte Kim ihm zu. Sie setzte sich an einen Tisch und vertiefte sich in ein Fachbuch, während Kija sie immer wieder mit dem Näschen anstupste und anklagend auf den Ball blickte.

„Wir spielen später, versprochen", sagte Kim und ließ ihren Blick über die Seiten wandern. Kurz darauf fand sie eine interessante Textstelle und las laut vor: „Kleopatra VII. beging am 12. August 30 vor Christus Selbstmord, und zwar in *Alexandria*, der Stadt, in der sie regiert hatte."

„Alexandria?", warf Julian ein. „Da stand doch dieser berühmte Leuchtturm. Wie hieß der noch gleich?"

Kim stöberte in ihrem Buch. „*Pharos!*", stieß sie schließlich hervor und zeigte Julian und Leon eine Abbildung. Darauf sah der gewaltige Leuchtturm eher wie ein Hochhaus aus. „In Alexandria gab es aber auch das *Museion*, die berühmte Bibliothek mit mindestens fünfhunderttausend Schriftrollen sowie einen beeindruckenden Palast und daneben einen Tempel für Kleopatras Lieblingsgöttin *Isis*. Wow, der Leuchtturm war etwa hundertfünfunddreißig Meter hoch und gehörte zu den sieben Weltwundern!", rief sie. „Er war mit griechischen Götterstatuen geschmückt. Schließlich hatte ein Grieche Alexandria gegründet, nämlich *Alexander der Große*. Er hatte die Perser aus Ägypten vertrieben. Nach Alexanders Tod übernahm einer seiner Generäle mit dem Namen *Ptolemaios I.* die Macht in Alexandria und gründete das Reich der *Ptolemäer*."

Leon zupfte an seinem Ohrläppchen. „Also war Kleopatra auch eine Ptolemäerin. Aber: Steht denn da auch, warum Kleopatra angeblich Selbstmord begangen hat?", brachte er seine Freunde auf das eigentliche Thema zurück.

Kim vertiefte sich wieder in den Text. „Ja", sagte sie schließlich. „Kleopatra hatte eine entscheidende Schlacht gegen die Römer verloren, die Seeschlacht von *Actium*. Diese hatte sie an der Seite ihres Geliebten, des Römers *Marcus Antonius,* gegen die Truppen von *Octavian* geführt."

„Kleopatra hatte einen römischen Geliebten?", fragte Leon überrascht.

„Oh ja", sagte Kim und fasste zusammen, was sie eben gelesen hatte. „Die beiden hatten sogar drei gemeinsame Kinder. Dieser Marcus Antonius war ein sogenannter *Triumvir* und herrschte mit Octavian über das Römische Reich. Ägypten gehörte bereits dazu. Allerdings durften die Pharaonen unter der Vormundschaft der Römer weiterregieren. Kleopatra umgarnte Marcus Antonius. Schließlich verliebte er sich in sie und siedelte nach Alexandria über. Es gab Gerüchte, dass Marcus Antonius Alexandria zur neuen römischen Hauptstadt machen wollte. Das brachte das Fass zum Überlaufen und war für Octavian ausschlaggebend, um gegen seinen ehemaligen Freund und Mitregenten in die Schlacht zu ziehen. In Actium besiegten seine Truppen das Heer von Kleopatra und Marcus Antonius. Den beiden gelang zwar die Flucht nach Alexandria, doch dort stürzte sich Marcus Antonius ins eigene Schwert und auch Kleopatra brachte sich um, weil sie Angst hatte, von Octavian in einem Triumphzug nach Rom geschleppt zu werden. So steht es hier jedenfalls."

Kim las noch ein wenig weiter. Aber auch in diesem Buch wurde die These vertreten, dass sich Kleopatra durch einen Kobrabiss selbst tötete. Die Freunde versuchten es mit anderen Quellen, kamen aber nicht weiter.

„Eine harte Nuss", sagte Julian schließlich. „Wie Kleopatra starb, ist weiter mysteriös."

„Und damit ein Fall für uns", sagte Kim.

„Vorsicht", mahnte Julian. „Wenn es kein Selbstmord war, dann war es vielleicht …" Er brachte den Satz nicht zu Ende.

„Ein Mord", hauchte Kim. Sie spürte eine leichte Gänsehaut.

Leon nickte. „Ja, das könnte ein höchst gefährlicher Fall werden. Wir müssen eben wieder gut aufpassen. Ich will der Sache unbedingt auf den Grund gehen. Immerhin wissen wir, wann und wo Kleopatra starb. Was haltet ihr von einer kleinen Zeitreise mit Tempus?"

Kim strahlte. „Das wollte ich auch gerade vorschlagen. Wir müssen das Rätsel um den Tod der Königin knacken! Was meinst du, Julian?"

Der Junge mit den blonden Haaren zögerte einen Moment. Aber dann war auch er einverstanden.

Keine zwei Minuten später liefen die Gefährten zu dem geheimnisvollen Zeit-Raum, der hinter einem hohen Regal, das auf einer Schiene bewegt werden konnte, verborgen war. Die Freunde stemmten sich gegen das Regal und schoben es ein Stück zur Seite. Nun tauchte die schwarze Tür zu Tempus auf, die mit diabolischen Fratzen und rätselhaften, jahrhundertealten Symbolen übersät war.

Julian räusperte sich. „Seid ihr bereit?"

Kim und Leon nickten stumm.

Julian öffnete das Tor zur Geschichte und betrat den unendlichen Zeit-Raum mit seinen Tausenden von Türen, über denen je eine Jahreszahl prangte. Blauer Nebel waberte um die Beine der Gefährten, denen es wie immer unmöglich war, sich in dem Raum, dessen Boden im Rhythmus der Zeit pulsierte, zu orientieren. Im schwachen Licht, das in Tempus herrschte, versuchten die Freunde, die Tür mit der Jahreszahl 30 vor Christus zu finden.

Neben Kim flog eine der Türen auf und ein grässliches Brüllen erklang. Ihr lief ein kalter Schauer den Rücken hinunter. Sie schaute zu Kija. Die Katze warf ihr einen ungeduldigen Blick zu. Mit leiser Verzweiflung zuckte Kim die Schultern. Wie sollten sie die richtige Tür finden? Die Pforten waren nicht nach einem bestimmten System sortiert.

So irrten Julian, Kim und Leon durch Tempus und verließen sich auf ihr Glück. Manche der Türen waren fest verschlossen. Aber die meisten standen offen oder schlugen im Wind, der unvermittelt durch den Zeit-Raum fegte. Aus den offenen Türen, an denen die Freunde vorbeistolperten, drangen zumeist beunruhigende Geräusche – Weinen, Schreie oder Schüsse.

Leon war es schließlich, der die richtige Pforte fand.

„Purer Zufall", sagte er und strahlte.

Kim zog die Stirn kraus. Zufall? Das glaubte sie nicht. Es gab keine Zufälle, davon war sie überzeugt, jedenfalls nicht in diesem Zeit-Raum. Kim fixierte die Tür. Zunächst schien es ihr, als würden ausgerechnet aus dieser Pforte keine Geräusche dringen. Doch dann vernahm sie ein leises Zischen. Kim zuckte zusammen. So zischte eine Schlange! Sie schluckte.

„Okay, Jungs?", fragte sie Leon und Julian und nahm Kija auf den Arm.

„Ja!"

Die Freunde fassten sich an den Händen und konzentrierten sich ganz fest auf Alexandria. Denn nur so konnte Tempus sie an den richtigen Ort bringen. Dann machten sie den einen, aber entscheidenden Schritt durch die Tür. Dahinter erwartete sie ein schwarzes Nichts, eine unendliche, bodenlose Tiefe, in die sie sogleich schwerelos hineinfielen.

Der Mann auf dem Gerüst

Verwirrt rieben sich die Gefährten die Augen. Die Sonne blendete sie und es war herrlich warm. Die Luft roch nach Meer. Vor ihnen öffnete sich eine Bucht. Auf den blaugrünen Wellen tanzten Schiffe in allen Größen. Einfache Boote aus Schilf mit einem geschwungenen Bug, auf dem Fischer standen, die ihre Netze auswarfen. *Barken,* voll beladen mit Korn. Flache, breite Kähne, die Holzstämme und andere schwere Lasten transportierten. Und ein mächtiges Kriegsschiff mit drei übereinander angeordneten Ruderreihen, einem breiten Segel und einem Furcht einflößenden Rammsporn.

An der Hafenmauer reihten sich Lagergebäude und Gasthäuser aneinander, zwischen denen sich Palmen in der leichten Brise wiegten. Piere ragten wie spitze Zungen in das runde, riesige Hafenbecken. Dort lagen große Handelsschiffe, die gerade entladen wurden.

Auf einer Insel auf der rechten Seite erhob sich hinter einer Mauer ein Palast, der aus mehreren ineinander verschachtelten Gebäuden bestand. Jedes Gebäude hatte ein flaches Dach, um das sich ein goldenes Schmuckband zog, das in der Sonne glitzerte. Die Fassaden der prunkvollen Gebäude bestanden aus blendend weißem Marmor, der in scharfem Kontrast zum blauen Meer stand. In breiten, mehrere Meter hohen Fenstern blühten farbenprächtige Blumen – roter Mohn wechselte mit blauen Kornblumen. In der Mitte der Mauer befand sich ein rechteckiges, zehn Meter hohes Tor, auf dessen wuchtigen Pfeilern je ein Steinwesen mit Falkenkopf thronte, der mit einer goldenen Scheibe gekrönt war.

„Der Gott *Re*", murmelte Julian, der sich nur zu gut an ihre ersten beiden Abenteuer im alten Ägypten erinnerte. „Der Gott der Sonne!"

Zwischen den beiden Skulpturen zog sich ein breiter Balkon entlang, der mit vielen kleinen Säulen aus Stein verziert war.

Ob sich die mächtige Kleopatra dort dem Volk zeigte?, überlegte Julian fasziniert.

Schräg rechts hinter dem Palast stand ein wunderschöner Tempel. Julian erinnerte sich an Kims Worte in der Bibliothek. Bestimmt handelte es sich um das Heiligtum der Göttin Isis. Der lehmfarbene, kantige *Pylon* war mit bunten Figuren übersät, die Julian auf die Entfernung nicht genau erkennen konnte.

In diesem Moment riss ihn Leon, der sich umgedreht

hatte, aus seinen Tagträumen. „Der Turm, das ist der Leuchtturm", rief er begeistert.

Jetzt erkannten die Freunde, dass Tempus sie durch das gewaltige, quadratische Fundament von Pharos in die Welt der Ägypter geschickt hatte.

Leon legte den Kopf in den Nacken und schaute nach oben. Das war kein Leuchtturm, wie er ihn aus seinen Schulbüchern oder von einem Urlaub an der Nordsee kannte. Im Wesentlichen bestand er aus vier Elementen. Das Fundament war etwa zweihundert Meter breit und ebenso lang sowie fünfzehn Meter hoch. Darauf standen zahlreiche Statuen, die Herrscher, aber auch Götter zeigten. Das Meer umspielte die Plattform an drei Seiten. Auf der vierten Seite führte ein Damm auf die Stadt mit dem Palast zu.

Auf dem Fundament erhob sich der Sockel des Leuchtturms, der etwa siebzig Meter hoch und dreißig Meter breit war, sich nach oben jedoch verjüngte und vierzehn Stockwerke hatte. Auch seine Fassade war mit Marmor verkleidet, der in der flirrenden Sonne glitzerte wie weißes Gold. Jedes Stockwerk hatte genau sieben Fenster. Neben dem Eingang erhob sich ein Baugerüst.

„Jungs, der Turm wäre eine irre Wohnung mit Meerblick", sagte Kim, die jetzt statt Jeans und Turnschuhen ein weißes Leinenkleid mit zwei praktischen In-

nentaschen und Sandalen trug. Leon und Julian hatten nur Lendenschurze aus Leinen und ebenfalls Sandalen an.

Über dem obersten Stockwerk des riesigen Sockels wölbte sich ein *Fries*, der wie ein überstehender Kragen aussah. Das oberste Stockwerk des Sockels war zugleich das Fundament für das dritte Bauelement – den *Oktogon*, einen achteckigen, rund dreißig Meter hohen Turm, dessen Abschluss wiederum mit einem Fries geschmückt war. Von den Abbildungen, die er gesehen hatte, wusste Leon, dass dort oben acht schneeweiße *Tritonen* thronten, die in Muschelhörner bliesen. Die Götter hatten menschliche Oberkörper mit den Vorderbeinen eines Pferdes. Ihre Unterkörper ähnelten Delfinen.

Auf dem Oktogon stand ein gut zehn Meter hoher, gigantischer Zylinder, über dem sich eine spitze Haube wölbte. Aus dem Zylinder schoss gleißendes Licht – das Leuchtfeuer.

„Wahnsinn!" Julian staunte.

In diesem Moment miaute Kija und alle schauten zu ihr hinunter. Die Katze blickte zum rechteckigen Eingang des Leuchtturms, der nur wenige Meter von den Freunden entfernt lag. Dort stand ein breitschultriger Mann mit einer langen Lederschürze. Sein kreisrunder, kahler Kopf ruhte scheinbar halslos auf dem massigen Oberkörper. Unter der Schürze lugten muskulöse O-Beine hervor.

Der Mann stampfte wütend mit dem Fuß auf. „Zu schwer, zu heiß, ich kann es nicht mehr hören!", brüllte er. „Das ist jetzt schon der dritte Arbeiter, der nach wenigen Tagen die Brocken hinschmeißt, bei *Hathor*!"

Ein Junge, der etwa im Alter der Gefährten war, redete beruhigend auf ihn ein. „Wir finden bestimmt neue Arbeiter, Vater!"

„Ach ja?", schnaubte der Mann. „Nur wann? Jeden Moment können Kleopatra und dieser elende Römer Octavian kommen und wir haben zu wenig Männer, um das Leuchtfeuer in Gang zu halten. Was für eine Blamage! Man wird mich den Krokodilen zum Fraß vorwerfen."

Die Freunde blickten sich kurz an. Ein Entschluss war gefasst. Schließlich brauchten sie unbedingt Arbeit und eine Unterkunft. Kim und Leon überließen wie üblich Julian das Reden.

„Guten Tag", begrüßte Julian Vater und Sohn freundlich.

Dem Mann mit der Schürze traten die Augen aus dem Kopf. „Guten Tag? Was soll an diesem Tag gut sein?"

„Vielleicht können wir euch helfen. Wir haben unsere Eltern verloren, sind gerade hier in Alexandria angekommen und haben gehört, dass wir bei euch vielleicht Arbeit finden könnten", erzählte Julian. „Wir sind sehr fleißig!"

Der Mann kniff die Augen zusammen. „Besonders kräftig siehst du aber nicht aus", urteilte er seufzend. „Das ist eine sehr harte Arbeit. Das Feuer muss Tag und Nacht brennen. Tagsüber füttern wir es mit Holz, Wurzeln, Binsen und Reisig, nachts mit Öl und Pech. Ich weiß nicht …"

„Warum denn nicht, Vater?", fragte der junge Ägypter jetzt. Er hatte eine drahtige Figur, eine vorwitzige, spitze Nase sowie flinke Augen. Auch sein Kopf war kahl geschoren. Allerdings trug der Junge wie alle Ägypter in seinem Alter eine kecke, seitliche Jugendlocke.

„Ich weiß wirklich nicht, Hapu", sagte sein Vater noch einmal.

„Lassen wir es doch auf einen Versuch ankommen", schlug Julian vor. „Wir können zur Probe arbeiten."

„Also gut", willigte der Mann ein. „Wenn ihr eure Sache gut macht, könnt ihr im Stall schlafen und bekommt etwas zu essen. Sag ihnen, was zu tun ist, Hapu. Ich gehe schon mal rauf."

„Danke, dass du uns geholfen hast, Hapu", sagte Julian, sobald dessen Vater im Turm verschwunden war.

„Oh, gerne geschehen", antwortete der ägyptische Junge fröhlich. „Mein Vater heißt übrigens Senmut und ist der Lichtmeister. Er bildet mich gerade aus. Und wie heißt ihr?"

Nun stellten sich die Freunde vor. Natürlich vergaßen sie auch Kija nicht, die sich sofort mit Hapu anfreundete. Dann erklärte Hapu Leon, Kim und Julian, was sie zu tun hatten. In erster Linie mussten sie Brennmaterial nach oben schaffen. Außerdem hatten die Freunde dafür zu sorgen, dass das Feuer immer genügend Kraft hatte.

Sicher wäre es besser gewesen, wenn sie Arbeit im Palast der Pharaonin gefunden hätten, um Kleopatra näher zu sein, dachte Julian. Aber das hier, das war immerhin ein Anfang. Und wer wusste es schon, vielleicht fanden sie ja bereits morgen Arbeit im Palast der Herrscherin vom Nil.

„Bis zur obersten Plattform können wir Eselskarren benutzen", erklärte Hapu gerade.

„Deshalb gibt es hier also einen Stall", sagte Leon.

„Genau", erwiderte Hapu. „Im Turm verläuft eine spiralförmige Rampe nach oben. Aber von der Plattform mit den Tritonen müssen wir das Brennmaterial entweder eine Treppe hinauftragen oder mit Seilzügen hochhieven."

Julian nickte. „Das klingt wirklich anstrengend. Aber das bekommen wir schon hin!" Sein Blick fiel auf das Gerüst am Turm.

"Ist der Turm beschädigt?"

"Nach einem Sturm wurden ein paar Fugen ausgebessert", erwiderte Hapu. "Aber die Arbeiter sind fertig, soviel ich weiß. Das Gerüst müsste endlich mal abgebaut werden."

Julian wollte seinen Blick vom Gerüst abwenden – doch dann hielt er inne. War da nicht gerade jemand entlanggehuscht? Die Sonne blendete ihn. Er beschattete die Augen mit der Hand. Jetzt glaubte er, in einem Fenster eine Gestalt verschwinden zu sehen.

"Was ist?", fragte Leon.

"Weiß nicht, da oben war gerade jemand ..." Julian musste wegschauen, weil seine Augen jetzt zu tränen begannen.

"Das kann nicht sein. Dort wird nicht mehr gearbeitet", sagte Hapu. Julian schwieg. Er war sich ziemlich sicher, dass dort jemand gewesen war. Seltsam ... Was hatte derjenige dort verloren gehabt?

"Und gleich kommt die Pharaonin?", fragte Kim neugierig, während sie mit Hapu den Turm betraten, in dem es angenehm kühl war und in dem einige Arbeiter herumliefen.

"Ja", sagte der junge Ägypter nachdenklich. "Unsere Königin will Octavian den Leuchtturm zeigen. Deswegen ist mein Vater auch so nervös. Aber das sind wir alle ..."

„Warum?"

„Niemand in Alexandria traut Octavian", erklärte Hapu, während er auf einen Karren zusteuerte, der hoch mit Reisig beladen war. „Wir haben die Seeschlacht bei Actium gegen Octavians Truppen verloren, unser Verbündeter Marcus Antonius hat sich daraufhin ins Schwert gestürzt und nun haben wir alle Angst, dass der große Sieger Octavian uns Ägypter unterjochen will. Aber wir hoffen, dass es unserer wunderschönen Pharaonin gelingt, auch Octavian um den Finger zu wickeln und dafür zu sorgen, dass die Römer wieder abziehen und uns in Ruhe lassen, wenn wir ihnen kostenlos Korn liefern." Hapu kicherte. „Immerhin ist ihr das bereits bei Julius Caesar und Marcus Antonius geglückt. Warum also nicht bei Octavian? Eigentlich kann niemand der göttlichen Kleopatra widerstehen! Aber dennoch – viele haben Angst, dass es diesmal anders sein könnte."

In diesem Augenblick ertönte eine Fanfare. Erschrocken ließ Hapu die Zügel des Esels los.

„Beim *Horus*, das wird sie sein!", rief er und stürzte wieder nach draußen.

Über den Deich, der die Leuchtturminsel mit der Stadt verband, marschierte eine Prozession auf sie zu.

Rechts und links wurde der Tross von Soldaten, die mit Speeren und Schilden bewaffnet waren, flankiert. Es handelte sich sowohl um Ägypter, die nur mit Schurzen bekleidet waren und scharfkantige Keulen trugen, als auch um römische *Legionäre* mit ihren typischen Kurzschwertern und Brustpanzern über den roten *Tuniken*.

„Keine Frage, sie kommen!" Schon flitzte Hapu wieder in den Turm, um seinen Vater zu alarmieren.

Nur zwei Minuten später hatte die Prozession den Leuchtturm erreicht. Hapu und sein Vater warfen sich vor einer schlanken, zierlichen Frau zu Boden, und die Freunde beeilten sich, es ihnen nachzutun.

„Schon gut, steht auf", sagte sie kühl.

Julian wagte es, den Blick zu heben. Kleopatra! Daran zweifelte Julian keine Sekunde. Die Pharaonin hatte dunkle, leicht schräg stehende Augen, die von einer hauchdünnen, hellblauen Puderschicht umrahmt wurden, eine feine, spitze Nase und volle Lippen. Das akkurat geschnittene Haar, in das Perlenschnüre eingeflochten waren, hing ihr in einem blauschwarzen Pony über die Stirn und seitlich wie eine Kappe bis auf die Schultern. Kleopatras Krone bestand aus einem breiten Band aus Gold, in das drei aufgerichtete Kobras aus Elfenbein eingearbeitet waren. Die Königin trug einen wallenden Traum aus blassgrüner Seide und elegante Sandalen aus versilbertem Leder. An ihren Armen funkelten goldene Reifen und an ihrem Hals glitzerte eine Kette aus Smaragden.

Eine schnelle Bewegung lenkte Julian ab. Er schaute nach rechts. Das Gerüst! Erneut war dort jemand entlanggehuscht! Diesmal war sich Julian absolut sicher. Doch auch dieses Mal war der Schatten genauso schnell verschwunden, wie er aufgetaucht war. Julian schaute wieder zur Königin.

Neben ihr stand ein schlanker Römer Anfang dreißig, der ebenfalls mit Tunika und Brustpanzer bekleidet war. Seinen Kopf mit den schwarzen, lockigen Haaren und den etwas abstehenden Ohren schmückte ein Helm mit rotem Federbüschel. Der Mann hatte ein ernstes Gesicht mit leicht melancholischen Zügen. Seine Nase war gerade, aber eine Spur zu lang, seine Augen verrieten Wachsamkeit und Klugheit.

Das muss Octavian sein, dachte Julian. Unmittelbar hinter dem Feldherrn stand eine Frau Mitte vierzig in einem weißen Kleid mit goldenen Schmuckrändern. Sie war etwas größer als Kleopatra und ihre dunklen Haare fielen ihr in eleganten Löckchen in die Stirn. Ihre Gesichtszüge waren hart, um den Mund lag ein bitterer Zug.

„Es ist uns eine große Ehre, Euch den Leuchtturm zeigen zu dürfen, gottvolle Königin", sagte der Lichtmeister Senmut.

Kleopatra lachte auf. „Ich kenne diesen Turm. Er soll meine Gäste, den edlen Triumvirn und seine Schwester *Octavia*, von der Baukunst des ägyptischen Volks überzeugen." Sie klatschte in die Hände und ein Diener trat eilig vor.

„Holt die Sänften!", ordnete Kleopatra an.

Der Diener verschwand.

Kurz darauf wurden die Königin und ihre Gäste in je einer Sänfte die Rampen im Inneren des Turms hinaufgetragen. Die Gefährten schlossen sich dem Zug an.

„Octavia ist die Witwe von Marcus Antonius", raunte Hapu ihnen unterwegs zu. „Man erzählt sich in der Stadt, dass sie nur deshalb nach Alexandria gekommen ist, um die Urne ihres Mannes mit nach Rom zu nehmen. Dort soll sie im Familiengrab beigesetzt werden. Beim *Amun*, diese Frau muss unsere Königin hassen …"

Julian nickte verstohlen. Kleopatra hatte der Römerin den Mann weggenommen und in einen Krieg gegen sein eigenes Volk geführt. Diesen Krieg hatte Marcus Antonius verloren und sich daraufhin ins Schwert gestürzt. Oh ja, Octavia musste Kleopatra wirklich abgrundtief hassen!

Es dauerte etwa eine Viertelstunde, bis der Tross beim Leuchtfeuer angekommen war. Hier war die Hitze schier unerträglich. Aus einer steinernen Wanne loderten die Flammen drei Meter hoch. Ein Arbeiter schob einen blank polierten, gewaltigen Spiegel auf einer Schiene um das rasende Feuer herum, sodass der Flammenschein in alle Richtungen reflektiert werden konnte. Zum Schutz vor der Hitze hatte er sich in eine nasse Tunika gehüllt. Jetzt hielt er inne und verneigte sich. Senmut lotste seine Besucher hinter den Spiegel, der die Hitze ein wenig abschirmte.

„Bei Nacht ist unser Feuer dreihundert *Stadien* weit zu sehen", sagte der Lichtmeister stolz.

„Beachtlich, sehr beachtlich", erwiderte der Triumvir mit sonorer Stimme und machte einen Schritt zurück, während ihm der Schweiß auf die Stirn trat.

„Lasst uns bei den Tritonen eine Erfrischung zu uns nehmen", schlug Kleopatra vor.

Rasch verließ die Gruppe das Höllenfeuer und begab sich über die Treppe hinunter zur Terrasse mit den Götterfiguren. Diener eilten herbei und reichten Pokale mit *Irep*. Der Wein war mit kaltem Wasser verdünnt.

Der Triumvir nahm einen Schluck. Dann sagte er: „Einen solchen Leuchtturm haben wir in Rom nicht." Er lächelte überheblich. „Noch nicht." Sein Blick glitt über das Areal, das sich vor ihnen ausbreitete. „Aber ich muss zugeben, Alexandria ist eine schöne Stadt."

Kleopatra quittierte das Kompliment mit einem Nicken. „Oh ja, sie ist zauberhaft, bei Isis."

„Aber nur, dank der Römer", bemerkte Octavia spitzfindig.

Verärgert zog Kleopatra eine Augenbraue hoch.

Auweia, Zickenalarm!, dachte Kim, hielt aber den Mund.

„Mein Mann, Marcus Antonius, hat Alexandria zu dem gemacht, was es heute ist", fuhr die Witwe fort. „Es war ein Römer, der diese Stadt aufblühen ließ!"

Kleopatra machte schnell eine wegwerfende Handbewegung. „Das ist lächerlich und das weißt du auch. Aber es ehrt dich, dass du das Andenken an unseren geliebten Marcus Antonius wahren willst und seinen Namen preist. Sehr erstaunlich, schließlich hat er dich verlassen!"

„Ja, das hat er", giftete Octavia, offenbar erbost über den gut platzierten Seitenhieb. „Weil er blind war. Du hast ihm schöne Augen gemacht. Doch du hast ihn nie geliebt, du hast ihn nur benutzt, um an der Macht zu bleiben. Zu guter Letzt hast du ihn in einen Krieg gegen unser Rom geführt, den er niemals gewinnen konnte. Und jetzt ist er tot. Du hast ihn auf dem Gewissen, Kleopatra."

„Genug, beim Amun!", rief die Königin und schleuderte ihren Pokal zu Boden.

Die Witwe hatte die Arme in die Seiten gestemmt. „Nein, du verbietest mir nicht den Mund!", schrie sie.

„Was ist dein nächster Schritt? Willst du dich jetzt an meinen Bruder Octavian heranmachen? Um weiter regieren zu können als Günstling von Rom? Aber das wird dir nicht gelingen, niemals! Deine Zeit läuft ab, du merkst es bloß nicht!"

Die Freunde warfen sich alarmierte Blicke zu.

Aus Kleopatras Augen schossen Blitze. Doch bevor sie etwas entgegnen konnte, hob Octavian gebieterisch den Arm.

„Ihr vergesst euch", tadelte der Triumvir die Frauen scharf. „Euer Benehmen ist kindisch und eurer Stellung unwürdig."

„Würde?", zischte die Witwe. „Weißt du überhaupt, was das ist, Kleopatra? Seit Jahren regierst du nur, weil wir Römer es dir gestatten. Du bist …"

„Es reicht!", stoppte Octavian seine Schwester jetzt endgültig.

Kim sah, dass sich die Witwe auf die Lippen biss. Sie schaute aufs Meer hinaus. In ihren Augen schimmerten Tränen.

„Wie wäre es mit einem Imbiss im Palast?", wechselte Kleopatra das Thema und warf Octavian einen freundlichen Blick zu.

„Nur zu gern", erwiderte er und lächelte.

Der Rückweg verlief schweigend. Die Gefährten liefen mit Senmut und Hapu vor den Sänften her.

Vor dem Leuchtturm hatte sich eine große Menschenmenge versammelt, die neugierig auf die Königin und ihren Besuch wartete. Die Freunde mischten sich unters Volk. Julian schaute noch einmal hinauf zum Leuchtfeuer. Dabei fiel sein Blick erneut auf das Gerüst. Eine Stange ragte aus dem Fenster, neben dem es befestigt war. Das Gerüst schwankte leicht.

In dieser Sekunde brandete großer Jubel auf. Julian schaute nach vorn. Gerade war Kleopatra aus dem Turm getreten, während sich der Triumvir und seine Schwester noch im Schatten des Eingangs aufhielten. Der Blick des Jungen glitt zurück zum Gerüst. Jetzt schwankte es noch stärker. Und nun erkannte Julian, dass sich die Stange bewegte! Sie wurde von jemandem, der sich im Turm versteckte, gegen die senkrechte Strebe der Konstruktion gedrückt! Wenn das Gerüst umkippen sollte, würde es genau auf die Königin fallen!

Julian schrie eine Warnung, aber die ging im allgemeinen Lärm unter. Leon und Kim schauten Julian verdutzt an. Aber Julian hatte jetzt keine Zeit für Erklärungen. Er deutete nur nach oben zum Gerüst und Leon und Kim verstanden sofort. Während sie die Menschen um sie herum warnten, drängelte sich Julian nach vorn zu Kleopatra. Da huschte Kija zwischen seinen Beinen hindurch und lief auf die Königin zu, die sich gerade zu einem Kind hinabgebeugt hatte. Die Katze sprang Kleopatra an. Die Königin schrie auf und wich zurück.

„Achtung", rief Julian. „Das Gerüst!"

Der geheimnisvolle Papyrus

Das Gerüst stieß noch einmal gegen die Wand und senkte sich dann, getrieben von der Stange, wieder nach vorn. Es sah aus wie ein seltsamer, gefährlicher Tanz auf hölzernen Beinen. Die Leibwächter reagierten blitzschnell und zogen Kleopatra beiseite. Schließlich siegte die Schwerkraft, und das Gestell kippte endgültig um.

Julian sah es wie in Zeitlupe auf sich zufliegen. Durch einen Satz brachte auch er sich in Sicherheit. Das Gerüst krachte mit furchtbarem Getöse auf den harten Boden. Streben knackten, Stangen splitterten und Bretter brachen. Eine große Staubwolke stieg auf. Schreie wurden laut. Ein Mann war durch einen Holzsplitter am Bein verletzt worden, ein anderer hatte eine Stange auf den Kopf bekommen und blutete aus einer Platzwunde. Jemand rief nach einem Arzt.

„Gott sei Dank ist nicht noch mehr passiert! Das hätte ganz anders ausgehen können", rief Leon fassungslos.

„Allerdings! Und es war ein Anschlag", sagte Julian und berichtete, was er beobachtet hatte.

Seine Freunde lauschten mit großen Augen.

Da trat Kleopatra auf sie zu. Sie wirkte völlig ruhig. „Was für ein ungewöhnliches Tier", sagte sie sanft und musterte Kija interessiert. „Schön, wachsam und offenbar sehr klug. Sie hat mir womöglich das Leben gerettet."

Julian wagte sich einen Schritt vor. „Ja, das stimmt. Aber sie gehört uns", sagte er fest. „Das Gerüst wurde umgestoßen. Ich habe es gesehen." Nun berichtete Julian zum zweiten Mal.

„Es ist das Schicksal der Könige, dass man ihnen nach dem Leben trachtet", erwiderte Kleopatra ernst und gab den Soldaten den Befehl, den Turm abzusuchen.

Dann wandte sie sich wieder der Katze zu und streckte ihr ihre schlanke Hand entgegen. Kija drückte ihr Köpfchen dagegen.

Kleopatra lachte. Es war das Lachen einer Siegerin. „Ich werde dich in meinen Palast aufnehmen, ich liebe Katzen!"

„Sie gehört uns", wiederholte Julian. Wie zur Bestätigung wechselte Kija die Seiten und begann, um die Beine der Kinder herumzustreifen.

Erstaunt schaute die Königin die Freunde an. „Nun",

sagte sie. „Wenn ihr euch nicht trennen wollt, dann …" Sie zögerte und die Gefährten fürchteten schon, dass die Königin ihnen Kija wegnehmen wollte. „… dann werdet ihr eben auch im Palast wohnen", vollendete Kleopatra den Satz.

Die Gefährten konnten ihr Glück kaum fassen.

„Ihr werdet euch um das Wohlergehen dieser wunderbaren Katze kümmern, bei Isis. Folgt dem anderen Personal", ergänzte Kleopatra und wandte sich wieder ihren Gästen zu.

Dabei hatten Julian, Kim und Leon Gelegenheit, Octavian und seine Schwester kurz zu beobachten. Ihre Gesichter zeigten keinerlei Regung.

„Ob Octavia hinter dem Anschlag steckt?", wisperte Leon.

„Gut möglich, sie scheint Kleopatra ja wirklich zu hassen", sagte Julian. „Wir sollten sie unbedingt im Auge behalten!"

Jetzt stürmten die Soldaten heran, die den Turm abgesucht hatten. „Göttliche Königin, die Seile, mit denen das Gerüst am Turm befestigt war, sind durchgeschnitten worden. Aber einen Verdächtigen konnten wir nicht finden", sagte der Hauptmann. „Womöglich ist er mit einem Boot entkommen."

Mit versteinerter Miene gab Kleopatra das Signal zum Aufbruch.

Die Freunde hasteten zu Hapu und Senmut und informierten sie.

„Oh, wie schade", sagte Hapu. „Ihr habt doch gerade erst angefangen, bei uns zu arbeiten."

„Allerdings." Sein Vater seufzte. „Wieder ein paar helfende Hände weniger. Aber dem Willen der göttlichen Kleopatra kann sich niemand widersetzen. Ehrlich gesagt, beneide ich euch sogar. Viel Glück!"

„Ja", rief auch Hapu. „Und schaut doch mal wieder vorbei, wenn es euch zu langweilig wird!"

Das versprachen die Freunde und eilten Kleopatra hinterher, die mit ihren Gästen und den Dienern den Damm betreten hatte, der zur Stadt führte.

Kurz darauf traten sie durch das riesige Tor mit den falkenköpfigen Steinfiguren und gelangten in einen weitläufigen Park. Überall huschten Gärtner umher, zupften Unkraut, brachten Büsche in Form oder harkten den Weg, der sich an mehreren Teichen vorbeischlängelte, in denen blaue und weiße Lotosblumen wuchsen. Platanen und Weiden spendeten Schatten.

Ein dürrer Diener trat auf die Freunde zu und sonderte sie von Kleopatras Gefolge ab. „Ich habe den Befehl, euch euren Arbeitsplatz zu zeigen", sagte er ein wenig gelangweilt und führte sie auf ein Brückchen, das einen der Teiche überspannte.

„Da sind ja Krokodile!", entfuhr es Leon. Eine gewaltige Echse fixierte ihn mit kalten Augen und riss das Maul auf.

„Natürlich", erwiderte der Diener. „Kleopatra mag viele Tiere und natürlich auch die heiligen Krokodile. Wenn die Biester nur nicht immer so viel Hunger hätten! Man kommt mit dem Füttern gar nicht mehr nach. Manchmal bedienen sie sich auch selbst. Erst gestern haben sie wieder zwei Pfauen aufgefressen."

„Ah ja", sagte Leon gedehnt.

Der Diener zeigte ihnen zunächst einen geräumigen Käfig, in dem drei ausgesprochen fette graue Katzen dösten. Als sie Kija erblickten, stellten sich ihre Nackenhaare auf und sie fauchten im Chor. Kija ignorierte die drei Dicken jedoch.

„Ihr sollt den Käfig sauber halten und die Katzen füttern." Der Diener lachte gehässig. „Die drei fressen fast so viel wie ein Krokodil."

So sehen sie auch aus, dachte Leon.

„Das Futter erhaltet ihr in der Palastküche", sagte der Diener und deutete mit dem Daumen über die Schulter. „Die drei bekommen nur das Beste, denn Kleopatra liebt sie über alles. Sie sind ihr genauso heilig wie die Krokodile, versteht ihr?"

Als Nächstes brachte der Dürre sie zu einem Flachbau, in dem das Personal untergebracht war. Links lag der Palast, rechts der Park, gegenüber waren die Ställe. Die Gefährten bekamen ein kleines, sauberes Zimmer mit einem Fensterchen. Dicke Schilfmatten dienten als Betten.

„Macht zuerst einmal den Katzenkäfig sauber", sagte der Dürre zum Abschied. „Und noch etwas: Oft will unsere göttliche Herrscherin ihre Katzen beim Bankett dabeihaben. Dann putzt sie gut heraus. Denn dafür sind die drei manchmal zu faul."

Die Freunde machten sich an die Arbeit, während Kija draußen vor dem Käfig hocken blieb und ausgiebig ihr Fell putzte, misstrauisch beäugt von den Katzen im Gehege.

„He, seht mal", wisperte Leon nach einer Weile. „Da vorn ist Octavia!"

Die Witwe eilte in wenigen Metern Entfernung vorbei und strebte dem Palasttor zu. Sie hatte ihren Kopf mit einem Tuch verhüllt.

„Scheint so, als wolle Octavia den Palast verlassen. Ohne Diener oder Soldaten", fuhr Leon fort. „Seltsam! Wir sollten ihr folgen."

Die Freunde schauten sich kurz um. Niemand beachtete sie. Also machten sie sich aus dem Staub. Kija heftete sich an ihre Fersen.

„Wo wollt ihr hin?", verlangten die Wachen am Tor von den Kindern zu wissen.

„Wir brauchen Kräuter vom Markt", log Leon. „Eine der königlichen Katzen hat Bauchweh."

Die Wachen verdrehten die Augen und winkten sie durch.

Auf dem Weg vor dem Palast brauchten die Gefährten nicht lange Ausschau zu halten. Sie sahen, dass Octavia auf den mächtigen Isis-Tempel zulief.

Der Pylon des Tempels bestand aus zwei je zwanzig Meter hohen und fünfzehn Meter breiten, braunen Türmen, in die Bildhauer farbenprächtige Götterfiguren gemeißelt hatten. Vor allem die Göttin Isis tauchte in diesen Reliefs immer wieder auf, zumeist mit einem langen roten Kleid, einem *Ankh*-Kreuz in der Hand und einem kleinen goldenen Thron auf dem Kopf. In ihrer Nähe war oft ihr Gemahl zu sehen: *Osiris*, der Gott des Totenreichs, der in seinen Händen Krummstab und Geißel trug. Zwischen den Türmen war ein gut zehn Meter hohes und fünf Meter breites offenes Steintor, durch das die Priester und die Pharaonen in den Tempelhof gelangen konnten.

Die Freunde sahen, dass der Innenhof von einem Säulengang umschlossen war. Jede Säule war mit einem *Kapitell* geschmückt, das eine Lotosblüte zeigte.

Octavia hatte jedoch keinen Blick für den Tempel, sie war offensichtlich in Eile. Mit großen Schritten überquerte sie die Brücke, die die Palastinsel mit dem Hafenviertel verband. An der Kaimauer lagen zahlreiche Lastensegler, die soeben entladen wurden. Sklaven schleppten Kornsäcke und schwere *Amphoren* mit Öl und Wein. Einige Waren wurden gleich am Kai verkauft. So bot ein Händler feine Duftöle an, ein anderer Perücken und ein dritter blank polierte, kleine Spiegel.

Octavia lief weiter, den Blick gesenkt. Wenig später erreichten sie ein lang gezogenes Gebäude aus gräulichem Marmor. Auf dem Flachdach hockten Steinfiguren, die wie Paviane aussahen.

„Das ist der Gott *Thot*", sagte Julian, der sich gut mit den ägyptischen Göttern auskannte. „Der Gott des Wissens, der Schreiber und der Bildung. Ich würde mal tippen, dass dieses Gebäude die berühmte Bibliothek von Alexandria ist – das Museion."

Octavia lief einige Stufen hinauf und verschwand in dem Gebäude. Die Freunde überlegten nicht lange und betraten die Bibliothek ebenfalls. Doch sie kamen nicht weit.

„Wohin des Weges?", knarzte sogleich eine unangenehme Stimme. Im Halbdunkel hockte ein kleiner, dürrer Mann mit missmutigem Gesicht hinter einer Art Tresen.

„Oh, wir suchen eine Schriftrolle", entgegnete Julian schnell.

Der kleine Mann lachte. Es klang wie das Meckern einer Ziege. „Ach ja? Das ist aber eine Überraschung!" Schlagartig wurde er wieder ernst. „Ihr Krümel könnt doch noch nicht mal lesen, wetten? Und außerdem kommt hier nicht jeder rein!"

„Wir sind Diener der göttlichen Kleopatra", erwiderte Julian. „Und wir sind in ihrem Auftrag hier. Wir sollen eine Rolle besorgen mit … äh … Rezepten gegen Bauchweh."

„Bauchweh bei Katzen", präzisierte Leon. „Eine der göttlichen Katzen ist erkrankt."

„Und außerdem können wir lesen", zischte Kim.

„Das soll ich euch glauben?", meckerte der kleine Mann.

In diesem Moment stolzierte Kija einfach an ihm vorbei in den ersten Saal. Der Mann blickte ihr verdutzt hinterher. „Diese Katze sieht nicht krank aus …", sagte er unschlüssig.

„Ist sie auch nicht", erwiderte Julian. „Es handelt sich um eine andere. Aber wir können auch gerne wieder gehen und Kleopatra ausrichten, dass – wie ist Euer Name?"

Der kleine Mann warf sich in die Brust. „Djeser, ich leite dieses ehrwürdige Haus."

„Gut, wir sagen der göttlichen Königin, dass Djeser uns die Hilfe verweigert hat", sagte Julian und verschränkte die Arme vor der Brust.

Djeser hob die Hände. „Schon gut, beim Thot, dann geht hinein. Die Rollen mit den Rezepten findet ihr im rechten Gang. Aber fasst nichts an, sondern fragt einen Diener!"

Die Freunde betraten den Saal, der noch viel größer war, als sie gedacht hatten. In der Mitte plätscherte ein kleiner Brunnen, um den sternförmig Lesepulte aufgestellt waren, an denen Frauen und Männer jeglichen Alters lasen. Es herrschte eine andächtige Stille, fast wie in einer Kirche. Licht fiel durch eine Kuppel und schlanke Fenster, die von Säulen flankiert wurden. Jede Säule war mit Thot-Figuren verziert.

In unzähligen Regalen lagerten Schriftrollen. Es waren Hunderttausende von Papyri. An jedem hing ein Bändchen mit einem Holzplättchen, auf dem Inhalt und Herkunft der jeweiligen Schrift vermerkt waren. Auch die Regale waren beschriftet. Staunend liefen die Gefährten an den Regalwänden entlang. Es gab Literatur zu den verschiedensten Themen: Schiffbau, Architektur, Mathematik, Zoologie, Botanik, Physik, Astronomie, Medizin und Philologie.

An den Lesesaal war eine Art Großraumbüro angegliedert. Die Tür stand offen und die Kinder sahen, dass sich hier etwa fünfzig Männer über Schriften beugten, die sie offenbar gerade kopierten. Es folgte eine Werkstatt, in der schadhafte Papyri ausgebessert wurden. Daran schloss sich eine Regalwand mit Landkarten an, dann folgte die medizinische Abteilung.

Und genau hier stand Octavia. Sie war in ein Gespräch mit einem der Diener vertieft. Schnell tauchten die Freunde hinter einem Regal ab und lugten dann unauffällig um die Ecke. Octavia gab dem Diener einige Münzen.

„Aber Ihr müsst mir versprechen, dass Ihr den Papyrus morgen zurückbringt", sagte der Diener gerade mit Nachdruck.

Octavia nickte ungeduldig.

Der Mann seufzte auf und reichte ihr mit einer theatralischen Geste eine Schriftrolle. Dann rauschte Octavia eilig an den Gefährten vorbei, ohne sie zu bemerken.

„Mist, das ging aber schnell", sagte Julian. „Möchte mal wissen, was sich Octavia ausgeliehen hat."

„Finden wir es heraus", sagte Leon, marschierte einfach auf den Diener zu und wiederholte Julians Geschichte von der kranken Katze. „Hoffentlich hat die Dame gerade nicht die Rolle ausgeliehen, die auch wir benötigen", schloss er seinen Bericht.

„Wir leihen normalerweise gar nichts aus", sagte der

Diener kühl. „Nur bei dieser hochgestellten Römerin müssen wir eine Ausnahme machen. Die Römer führen sich auf, als würde ihnen Alexandria bereits gehören ... Na ja, jedenfalls hat sich diese Römerin einen Papyrus über Kräuter ausgeliehen."

Kräuter? Was hatte Octavia bloß vor? Leon zupfte an seinem Ohrläppchen. Vielleicht giftige Kräuter? Zu dumm, das der Museions-Diener nicht besonders redselig war.

„Nun?", fragte der Diener misstrauisch. „Was sucht ihr genau?"

Leon riss sich zusammen. Er verkniff sich die Frage, um welche Kräuter es sich gehandelt hatte. Stattdessen forschte er nach: „Gibt es vielleicht eine Art Rezept gegen Bauchweh – bei Katzen?"

Anstatt zu antworten, lief der Diener voraus und griff schließlich in ein Regal. Er zog einen Papyrus heraus und entrollte ihn auf einem Pult. Die Freunde überflogen den Text. Es handelte sich um ein allgemeines Rezept gegen Bauchschmerzen.

„Danke!", rief Leon. „Das reicht uns schon. Das wird der königlichen Katze guttun!"

Als sie wieder vor dem Museion standen, platzte er heraus: „Kräuter! Ich sage euch: Octavia will einen Gifttrank zusammenmischen."

Julian hockte sich auf eine der Stufen. „Das ist nicht

bewiesen. Vielleicht steht ja auch etwas ganz Harmloses auf dem Papyrus."

„Das glaube ich nicht", sagte Leon. „Wir wissen, dass Octavia Kleopatra hasst. Sie hat ein sehr starkes Motiv, sie will die Pharaonin vergiften! Und genau deshalb war sie heute in der Bibliothek. Octavia ist die Kobra!"

Das Krokodil

Am selben Abend gab es ein großes Bankett zu Ehren der Römer. Auch die Freunde waren als Diener eingeteilt, denn Kleopatra verlangte, dass die göttlichen Katzen am Bankett teilnahmen. Die Gefährten sollten die Katzen füttern.

Der Wein floss in Strömen, während Tänzerinnen, Musiker und Feuerschlucker auftraten. Diener schleppten Tabletts mit Köstlichkeiten heran: Es gab mit Gurkenpaste gefüllten Antilopenbraten und Lammfilets in Knoblauch, geräucherten Aal mit Thymian, Nilbarsch in Pflaumensauce, Hummer und Austern, gebratenen Eber mit Honigtunke, Brustfleisch von Flamingo und Kranich sowie als Leckereien für zwischendurch Granatäpfel, Datteln, Honigkuchen, Maulbeeren und Melonen.

Das Festessen fand in einem Prunksaal mit vergoldeten Wänden statt. Kunsthandwerker hatten Kleopatras Lieblingsgöttin Isis dort verewigt, aber auch die Pharaonin selbst. Kleopatra war bei der Jagd, auf einem

Streitwagen, aber auch in der Rolle der *Maat*, der Göttin der Gerechtigkeit, zu sehen. Sklaven hatten Unmengen von Rosenblättern auf dem weißen Marmorboden ausgestreut. Der ganze Raum war von ihrem schweren Duft erfüllt. Die Decke des Saals war mit wunderschönen Bildnissen von Kranichen und Ibissen verziert und wurde von farbenfroh bemalten Säulen mit Kapitellen in Palmenform getragen.

Kleopatra empfing die Gäste auf einem Elfenbeinthron, gekleidet in ein eng anliegendes Kleid aus golddurchwirktem Leinen. In ihren Haaren funkelten Perlen, auf dem Kopf ruhte die herrliche Krone. Neben der Königin saß ein siebzehnjähriger Mann, ein ausgesprochener Schönling mit energischem Kinn, der mit deutlich zur Schau gestellter Arroganz das Treiben um ihn herum beobachtete. Die Freunde hatten erfahren, dass es sich um *Caesarion*, den Sohn von Kleopatra und *Julius Caesar*, handelte. Auch die drei Kinder von Marcus Antonius und der Pharaonin, alle noch unter zehn Jahren alt, waren zugegen.

Zu Kleopatras Füßen in den edelsteinbesetzten Sandalen lagen drei Kissen, auf denen die drei fetten Katzen mit halb geschlossenen Augen ruhten. Unmittelbar vor ihren Schnäuzchen standen Silberschalen mit Fischhäppchen. Neben den dreien saß eine vierte Katze, ein schlankes, bernsteinfarbenes Tier mit smaragdgrünen

Augen: Kija. Kim, Leon und Julian hockten etwas abseits und behielten alles im Auge. Es war ihnen nicht entgangen, dass Kleopatra und Caesarion kein Wort miteinander wechselten.

„Zwischen den beiden herrscht wohl Eiszeit", wisperte Kim.

„Allerdings", erwiderte Leon ebenso leise. „Außerdem trinkt Caesarion sehr viel Wein. Bei der Witwe ist die Stimmung aber auch nicht gerade bestens."

Kim und Julian schauten zu den Römern hinüber, die auf Liegen ruhten, die über und über mit Kissen bedeckt waren. Octavia verfolgte mit verschlossener Miene die Tanzdarbietungen. Ihr Bruder nippte gerade lächelnd an seinem Pokal mit Wein.

„Sie plant etwas", flüsterte Leon und deutete mit dem Kinn auf Octavia.

„Aber wie will sie Kleopatra vergiften?", fragte Julian. „Die Pharaonin hat einen Vorkoster."

Tatsächlich war Kleopatra augenscheinlich auf der Hut. Jedes Häppchen wurde vorab probiert. Ähnlich war es mit den Getränken.

Julian schüttelte den Kopf. „Nein, so kommt Octavia nicht an die Pharaonin heran."

Leon sog hörbar die Luft ein. „Vorsicht! Denkt an den Anschlag mit dem Gerüst. Damit hat auch niemand gerechnet …"

Ein träges, etwas klägliches Miauen erinnerte die Freunde an ihre Aufgabe. Also holten sie ein neues Tablett mit Muschelfleisch für die Mopskatzen aus der Küche.

Eine Stunde später war es nahezu unerträglich heiß im Prunksaal. Schließlich schlug der Triumvir vor, einen Spaziergang im Park zu unternehmen. Kleopatra war einverstanden.

Leon fiel siedend heiß ihr Abenteuer bei der Pharaonin Hatschepsut ein: Als die Königin einen Spaziergang im Palastgarten gemacht hatte, hatte ein Bogenschütze auf sie geschossen …

„Kommt!", forderte Leon seine Freunde auf. „Wir sollten in der Nähe von Kleopatra bleiben!"

Der Park wurde von Fackeln erhellt. Sklaven liefen mit großen Palmwedeln neben Kleopatra, ihren Kindern und den Gästen her und fächelten ihnen Luft zu. Die Pharaonin schritt voran und führte die Gesellschaft zu den hübschen Teichen. Leon ließ seinen Blick über das Wasser gleiten. Da! Ein länglicher Schatten – eines der Krokodile lag halb verborgen zwischen Schilf und Lotosblumen. Jetzt blieb Kleopatra stehen. Sie deutete zum Himmel und redete auf den Triumvirn ein, der unmittelbar neben ihr stand. Er lächelte Kleopatra immer wieder charmant an – und die Pharaonin lächelte zurück.

Leon schaute zu Octavia und erkannte, dass die Witwe ihren Bruder genau beobachtete. Auf ihrer Stirn bildete sich eine Zornesfalte.

„Seht ihr, was ich sehe?", wisperte Leon seinen Freunden zu.

„Octavia bekommt gleich einen Tobsuchtsanfall", erwiderte Kim.

Nun lachte Kleopatra hell auf. Dann lief sie voraus und gelangte zu der Brücke ohne Geländer, die sich über den Teich spannte. In der Mitte der Brücke geschah es: Die Pharaonin rutschte aus. Einen Augenblick stand sie schwankend auf den Holzbrettern – doch dann verlor sie den Halt und stürzte schreiend in den Teich.

Fast in der selben Sekunde kam Bewegung in den länglichen Körper im Schilf. Das Krokodil glitt aus seinem Versteck.

Prustend tauchte die Pharaonin auf, während das Reptil hinter ihrem Rücken auf sie zuschwamm, geräuschlos und zielstrebig. Noch war es etwa zehn Meter entfernt. Mit Entsetzen sahen die Menschen am Ufer die drohende Gefahr – aber niemand machte Anstalten, der Pharaonin zu Hilfe zu eilen. Zu groß war offenbar die Angst vor dem Krokodil. Nur die Freunde reagierten.

„Vorsicht!", brüllte Leon und deutete zum Schilf.

Kleopatra fuhr herum und schrie gellend auf. Verzweifelt begann sie zu schwimmen. Doch das Krokodil war schneller, viel schneller.

Geistesgegenwärtig packte Leon eine der Fackeln und schleuderte sie auf das Reptil. Das Geschoss verfehlte die Schnauze des Tieres nur um Zentimeter und erlosch zischend. Wütend schnappte das Krokodil danach. Doch schon schlug die zweite Fackel neben ihm ein. Das Tier wurde langsamer, wandte sich dem Angreifer zu und verlor dabei das erste Ziel – Kleopatra – aus den Augen. Nun griffen auch Julian und Kim ein. Zu dritt feuerten sie Fackeln auf das Krokodil, das jetzt nach allen Seiten biss und schnappte. Inzwischen hatte Kleopatra das rettende Ufer erreicht. Helfende Hände streckten sich ihr entgegen und zogen sie aus dem Wasser.

Klitschnass wie sie war, bedankte sie sich bei den Gefährten. „Ich denke, dass ich mit euch einen guten Griff gemacht habe", sagte sie und lächelte sogar. „Ihr scheint meine Glücksbringer zu sein. Aber jetzt will ich mich umziehen. Und dann lasst uns weiterfeiern. Erfrischt bin ich jedenfalls." Sie griff an ihren Kopf. „Meine Krone! Ich habe sie verloren!"

Die Pharaonin warf einen ärgerlichen Blick auf die Brücke, dann auf den Diener, der ihr am nächsten stand. „Wie kann das Holz so glatt sein? Wechselt es aus! Und zwar gleich morgen, damit es keine weiteren Unfälle gibt. Und sucht meine Krone, bei Isis!", befahl sie.

Der Diener verneigte sich tief, dann zog sich Kleopatra kurz zurück. Unterdessen begab sich die Gesellschaft wieder in den Prunksaal. Nur die Freunde blieben an der Brücke zurück, die von den Dienern mit einem Seil abgesperrt wurde.

„Lasst uns mal schnell die Brücke untersuchen, bevor sie abgerissen wird", schlug Leon vor, als die Diener verschwunden waren.

Kim, Julian und Kija folgten ihm. Sie stiegen über das Seil und betraten vorsichtig den Steg. Kurz vor der Mitte ließ sich Leon auf die Knie sinken. Im Licht der Fackeln entdeckte er eine Lache auf dem Holz.

„Ob das Wasser ist, das hochspritzte, als Kleopatra ins Wasser stürzte?", überlegte er laut. Er tippte mit dem Finger in die Flüssigkeit. Sie war leicht zäh. Leon roch daran. „Öl!", stieß er hervor. „Jemand hat Olivenöl auf die Bretter gegossen. Kein Wunder, dass Kleopatra ausgerutscht ist."

„Also war auch das ein Anschlag, der wie ein Unfall aussehen sollte", sagte Kim atemlos. „Ob Octavia dahintersteckt?"

„Beweisen können wir das leider nicht", erwiderte Leon, während er aufstand. „Aber jetzt sollten wir zurück in den Saal und diese dicken Fellmonster mästen, bevor wir auffallen."

Im Prunksaal herrschte wenig später wieder ausgelassene Stimmung. Kleopatra hatte sich umgezogen. Strahlend schön war sie der Mittelpunkt eines rauschenden Festes. Auch die Krone saß wieder an ihrem Platz. Nur bei zwei Teilnehmern wollte sich keine gute Laune einstellen. Bei Octavia, die mürrisch auf einer Liege saß, und bei Caesarion, der immer noch viel trank und dabei immer aggressiver wurde.

Die Freunde, die sich weiter um die unersättlichen Katzen kümmerten, wurden schließlich Zeugen, wie sich der junge Ägypter jetzt ausgerechnet mit dem erfahrenen Triumvirn anlegte. „Wenn ich unsere Truppen bei Actium geführt hätte, wären wir siegreich aus der Schlacht herausgegangen!", tönte er und erntete dafür nur ein spöttisches Lachen von Octavian.

„Jawohl, aber meine werte Mutter hat mir das Oberkommando nicht zugetraut", sagte Caesarion mit mühsam unterdrückter Wut. „Nein, sie hat sich lieber auf den alten Marcus Antonius verlassen. Sie hat auf ihr Herz gehört anstatt auf ihren Verstand – was für ein Fehler, beim Amun!"

„Nur weil das Blut eines Julius Caesar in dir fließt, bist du noch lange kein guter Stratege, mein Junge!", sagte der Triumvir von oben herab.

Caesarion schleuderte den vollen Weinpokal auf den Boden. „Nennt mich nie wieder Junge!", drohte er.

Erneut erntete er nur ein Lachen.

„Was ist nur in dich gefahren, Caesarion?", rief jetzt Kleopatra, die aus einer Unterhaltung mit einem anderen Gast aufgeschreckt war.

Caesarion deutete mit dem Finger auf sie. „Du bist schuld", giftete er. „Schuld an unserer Niederlage! Du und dieser Marcus Antonius habt uns ins Verderben geführt!"

Octavian lächelte höhnisch.

Kleopatras Nasenflügel bebten vor Zorn. „Ich glaube, es ist besser, wenn du dich zurückziehst, Caesarion. Der Wein scheint dir zu Kopf gestiegen zu sein", sagte sie kalt.

Caesarion erhob sich tatsächlich. Aber nur, um sich in einen anderen Teil des riesigen Saales zu begeben.

Seine Mutter schüttelte den Kopf. Dann lockte sie Kija zu sich heran und begann sie zu kraulen. Die Katze schnurrte.

Die Gefährten wandten sich ab und schoben den Fettwänsten ein paar Häppchen in die Mäuler.

„Offenbar glaubt Caesarion, dass er selbst die Regierungsgeschäfte führen sollte. Er scheint auf den Thron zu wollen!", wisperte Julian.

„Das sehe ich auch so", sagte Leon. „Und wenn ihr mich fragt, haben wir jetzt einen zweiten Verdächtigen. Vielleicht steckt ja Caesarion hinter diesen merkwürdigen Unfällen!"

Der Verdacht

Um Mitternacht sorgte der hohe Gast aus dem fernen Rom für eine Überraschung. Der Triumvir erhob sich von seinem Lager und ließ die Instrumente der Musiker mit einer kurzen Handbewegung verstummen.

„Nun ist es an der Zeit, der einzigartigen Herrscherin vom Nil Geschenke zu machen", sagte er salbungsvoll. „Es ist alte Sitte in Rom, dem Gastgeber Präsente aus der Heimat mitzubringen."

Den Freunden entging nicht, dass Octavia zusammenzuckte, als ihr Bruder „einzigartige Herrscherin" sagte.

Die anderen Gäste dagegen jubelten und klatschten.

Nun nickte der Triumvir einem Diener zu, der kurz verschwand. Wenig später kehrte er zurück und führte eine kleine Prozession an. Die Männer marschierten auf Kleopatra zu und überreichten ihr nacheinander verschiedene Geschenke – vor allem Goldschmuck. Am meisten freute sich Kleopatra jedoch über eine Flöte aus Elfenbein.

„Ich weiß, dass du Musik liebst", sagte Octavian. „Aber ist es auch richtig, dass du es meisterlich verstehst, die Flöte zu spielen?"

Kleopatra lächelte geschmeichelt. Dann erhob sie sich ebenfalls und setzte die Flöte an ihre Lippen. Sofort brandete Beifall auf.

Nur Kija benahm sich merkwürdig. Sie strich um die Beine der Pharaonin und fauchte.

„Kija!", rief Kim warnend.

Doch die Katze beachtete sie nicht und fauchte erneut.

Schließlich schob Kleopatra sie mit dem Fuß beiseite und begann zu spielen. Eine wunderschöne, zarte Melodie schwebte durch den Prunksaal. Alle schwiegen ergriffen. Als die Pharaonin die Flöte wieder absetzte, klatschten die Zuhörer begeistert. Nur Octavia und Caesarion hielten sich zurück.

Strahlend bedankte sich Kleopatra bei Octavian und gab den Musikern ein Zeichen, dass sie wieder an der Reihe seien.

Das Fest ging weiter und die Stimmung wurde immer ausgelassener. Nur Kleopatra verlor mehr und mehr ihre Fröhlichkeit. Ihr Gesicht bekam einen harten Zug. Schließlich presste sie beide Hände auf den Bauch.

„Es scheint ihr nicht gut zu gehen", flüsterte Kim ihren Freunden zu.

„Ist mir auch schon aufgefallen", erwiderte Leon leise. „Hat sie etwas gegessen, was der Vorkoster nicht probiert hat?"

„Nein", sagte Julian. „Ich habe genau aufgepasst."

Die Pharaonin nahm Kija auf den Arm und winkte Kim zu sich. „Ich fühle mich nicht wohl und werde meine Gemächer aufsuchen – und du wirst mich mit dieser wunderbaren Katze begleiten. Ich bin mir sicher, dass ich dann schneller gesund werde." Sie lächelte schwach. „Schließlich seid ihr meine Glücksbringer."

Kim verneigte sich.

Kleopatra verkündete, dass sie sich zurückziehen wolle, was von allen mit großem Bedauern aufgenommen wurde – sah man von Octavia und Caesarion ab.

Kim winkte Leon und Julian zu. Dann lief sie der Pharaonin zusammen mit Kija hinterher. Ihnen folgte ein Diener, der die Geschenke der Römer trug. Kleopatra schritt in einen Seitenflügel des Palastes und betrat ein geräumiges Zimmer an der Seeseite, vor dem zwei Wachen standen. Der Boden bestand aus schwarzem, kühlem Marmor, die hellgrauen Wände waren mit einzigartigen, bunten Malereien verziert. Sie zeigten wüste Schlachten, aber auch Szenen aus dem Alltag: einen Fischer, der sein Netz auswarf, oder einen Bauern beim Pflügen. Das Mobiliar war erstaunlich spärlich. Es bestand im Wesentlichen aus fein gedrechselten Truhen und einer großen Katze aus Bronze, die die Göttin *Bastet* verkörperte.

Der Diener legte die Geschenke auf einen Tisch und entfernte sich, um den Leibarzt der Pharaonin zu alarmieren. Kim und Kija erhielten den Befehl, neben dem Bett der Herrscherin zu warten. Keine zwei Minuten später stürmte der Arzt herein. Er tastete Kleopatras Bauch ab, fühlte ihren Puls und redete ununterbrochen. Kim sah, das Kleopatra inzwischen ungewöhnlich blass war. Auf ihrer Stirn stand kalter Schweiß. Und der Arzt redete und redete.

Schließlich stoppte die Pharaonin ihn barsch. „Hör auf!", herrschte sie ihn an. „Dein Gequatsche macht mich noch kränker!"

Beleidigt trat der Arzt einen Schritt zurück.

„Lass mich allein. Ein wenig Schlaf wird mir guttun. Und morgen sehen wir weiter", sagte Kleopatra matt. „Nur das Mädchen und die Katze sollen bleiben."

Die Pharaonin streckte sich auf ihrem Bett aus und schloss die Augen. Kurz darauf war sie eingeschlafen.

Kim setzte sich neben dem Bett auf ein Kissen und schlang die Arme um die Knie. Im Raum herrschte angenehmes Halbdunkel. Nur zwei Öllämpchen brannten. Kija glitt heran und hockte sich neben das Mädchen.

Warum ging es Kleopatra so schlecht? War sie doch vergiftet worden? Aber wie? War ihnen etwas entgangen? Der Abend lief wie ein Film vor Kims Augen ab. Sie versuchte, sich an jedes Detail zu erinnern. Das Essen, die Tänzer, der Sturz in den Teich mit dem Krokodil, die Geschenke ...

Die Geschenke? Kims Blick fiel auf den Tisch ganz in ihrer Nähe. Dort lagen die Schmuckstücke und die Flöte. Das Mädchen erinnerte sich noch genau an den Moment, als Kleopatra das Instrument an ihre Lippen gesetzt hatte und die zarte Melodie erklungen war. Plötzlich hielt Kim die Luft an. Sie hatte einen ungeheuren Verdacht! Ihr wurde abwechselnd heiß und kalt. Konnte es sein, dass an der Flöte Gift geklebt hatte? Kim sprang auf und ging ganz leise zum Tisch. Dabei behielt sie die Wachsoldaten, deren Rücken sie in der Tür sah, im Auge.

Da lag sie, die Flöte, klein und unschuldig. Eine schöne Arbeit. Das Elfenbein schimmerte matt. Kim streckte die Hand nach dem Instrument aus. In diesem Moment fauchte Kija leise und warnend. Kim drehte sich um. Die Augen der Katze waren weit aufgerissen. Kims Hand begann zu zittern. Sie zog sie zurück und schaute zu den Wachen. Doch sie kehrten ihr immer noch den Rücken zu. Dann kniete sich Kim vor den Tisch und schob ihr Gesicht ganz dicht an die Flöte heran. Die Katze kam auf samtenen Pfoten zu Kim und drängte sich gegen sie, als wollte sie das Mädchen vom

Tisch vertreiben. Doch Kim blieb, wo sie war. Im schwachen Lampenschein untersuchte sie die Flöte. Ihre Augen wurden schmal. Klebte da nicht etwas am Mundstück der Flöte, eine nahezu durchsichtige Flüssigkeit? Kim war sich nicht sicher. Ihr Herz schlug ihr bis zum Hals. War es Gift, war die Pharaonin mit diesem Instrument vergiftet worden?

Kims Blick irrte durch den Raum. Dann fand sie, was sie suchte: ein Stück Stoff, in das eines der Schmuckstücke eingewickelt worden war. Damit fasste Kim die Flöte an und ließ sie in einer der Innentaschen ihres Gewands verschwinden. Ihr Puls jagte, denn sie hatte einen gefährlichen Plan geschmiedet. Sie wollte das Instrument aus dem Palast schmuggeln, um es einem Experten zu zeigen. Dann würden Leon, Julian und sie Gewissheit haben, ob diese kleine, schöne Flöte in Wirklichkeit ein Mordinstrument war.

Die Kobra

Doch vorerst wollte Kim weiter bei der Pharaonin wachen. Das Mädchen beobachtete die schlafende Herrscherin. Es wirkte alles so friedlich. Aber Kim ahnte, dass der Schein trog.

Sie legte sich auf ein paar Kissen neben dem Bett, und zwar so, dass man sie vom Eingang nicht direkt sehen konnte – es sei denn, man hätte sich gebückt und unter der Liege hindurchgeschaut. Kim versuchte wach zu bleiben. Aber der Schlaf übermannte sie schließlich doch.

Zwei oder drei Stunden mochten vergangen sein, als sie von Kija geweckt wurde. Kim schreckte hoch.

„Was ist denn los?", murmelte sie ein wenig ungehalten.

Die Katze starrte zur Tür. Kim folgte dem Blick. Die Wachen waren verschwunden. Merkwürdig ... Aber dort vorne war etwas anderes. Eisiges Entsetzen überkam Kim. Denn von der Tür kroch etwas aus dem Halbdunkel auf sie zu, schnell und absolut geräuschlos.

Und dieses Etwas, das erkannte Kim mit jagendem Puls, war eine gewaltige Kobra, bestimmt zweieinhalb Meter lang!

Kims Gedanken überschlugen sich. Stimmte die Geschichte mit dem tödlichen Schlangenbiss etwa doch? Wo kam das Tier plötzlich her? Und: War die Flöte völlig ungefährlich?

Jetzt war die Kobra nur noch etwa einen Meter von der Liege entfernt. Geschmeidig richtete sie sich auf und spreizte ihren Kragen. Ihre Zunge zuckte prüfend vor und zurück, ihr Blick war kalt und starr. In diesem Moment sank Kleopatras rechte Hand vom Bett. Die Kobra fixierte sie lauernd, bereit zum Angriff.

Kim schrie auf.

Die Pharaonin fuhr hoch und schaute zu Kim, die sprachlos vor Angst auf die Schlange deutete.

„Was soll das Geschrei?", fragte die Pharaonin verärgert.

„Die, die Ko-ko-kobra!", stammelte Kim.

Kleopatra winkte müde ab. „Sie ist völlig harmlos. Sogar handzahm."

Wie zur Bestätigung glitt die Kobra davon und rollte sich in der Nähe des Tisches zusammen.

Kim atmete auf. „Ich ..."

„Schweig!", befahl die Königin und presste wieder die Hände auf ihren Bauch. „Und nun geh auch du! Ich

will nicht mehr gestört werden. Aber lass die Katze hier!"

Kim verneigte sich und gehorchte, obwohl sie Kija nicht gern zurückließ. Außerdem überlegte sie, ob sie der Pharaonin von ihrem Verdacht mit der Flöte erzählen sollte. Doch während Kim zur Tür ging, verwarf sie diesen Gedanken. Kleopatra würde sie ja doch nicht zu Wort kommen lassen.

Kim lief Richtung Prunksaal. Sie musste Leon und Julian unbedingt von ihren Ermittlungen berichten. Als sie um eine Ecke bog, kamen ihr zwei Wachsoldaten entgegen. Aber es waren ganz sicher nicht die, die zuvor an der Tür zu Kleopatras Gemächern gestanden hatten.

„Was machst du hier, Kleine?", fragte einer der Soldaten drohend.

„Kleopatra hat mich weggeschickt", antwortete Kim. Hoffentlich durchsuchten die Wachen sie nicht und fanden die Flöte!

„Weggeschickt?", wiederholte der Soldat misstrauisch. „Heißt das, dass du die ganze Zeit über im Schlafraum der göttlichen Kleopatra warst?"

„Ja", gab Kim zu. Sie hatte Angst. „So lautete der Befehl."

Der Soldat schien einen Moment unschlüssig zu sein. Er beriet sich mit dem anderen Mann. Dann ließen die Wachen Kim passieren.

Eine Minute später erreichte Kim den Prunksaal. Als sie ihn betreten wollte, war plötzlich Kija neben ihr.

„Wo kommst du denn jetzt her?", fragte Kim mit einer Mischung aus Erleichterung und Sorge. Schließlich war es gut möglich, dass die Pharaonin noch wütender werden würde, wenn sie merkte, dass Kija einfach davongelaufen war.

Julian und Leon waren immer noch damit beschäftigt, die dicken Katzen zu versorgen. Sie wirkten müde, während um sie herum das Fest in vollem Gange war.

In wenigen Sätzen informierte Kim ihre Freunde, die aus dem Staunen gar nicht mehr herauskamen.

„Sollte dein Verdacht richtig sein, dann schweben auch wir in Gefahr", sagte Julian. „Denn der Täter wird es nicht sehr lustig finden, wenn wir seine Tatwaffe gefunden haben."

„Ist mir schon klar", murmelte Kim.

„Hier hat sich auch etwas getan", berichtete Leon leise. „Vor etwa einer Stunde ist Caesarion einfach verschwunden. Und Octavia macht einen ziemlich nervösen Eindruck auf mich."

„Ja, auf mich auch", sagte Julian und gähnte. „Aber allmählich macht mich das Observieren ziemlich müde. Hoffentlich dürfen wir uns bald zurückziehen."

Doch davon konnte keine Rede sein. Eine weitere Stunde verging. Schließlich tauchte Caesarion wieder auf. Er wirkte erstaunlich nüchtern und ernst. Aus seinem Gesicht war jede Farbe gewichen. Langsam, als trüge er eine schwere Last, schritt er zum Thron seiner Mutter. Hinter ihm lief jener Arzt, den Kleopatra vorhin aus dem Zimmer geworfen hatte.

Nun hatte Caesarion den Thron erreicht. Er hob die Hand und sofort kehrte eine gespannte Stille ein. Allen im Prunksaal schien klar zu sein, dass Caesarion eine wichtige Mitteilung zu machen hatte.

Die Freunde warfen sich unbehagliche Blicke zu.

Der Mann ohne Namen

Caesarion räusperte sich. Dann sagte er mit starrem Blick: „Sie, Liebling der Götter und des Volkes, Königin von Ägypten, unerreichbar an Schönheit, Klugheit und Mut – sie, Kleopatra, ist tot."

Es herrschte sprachloses Entsetzen. Kim schaute bestürzt zu Boden. Kija drängte sich an ihre Beine und maunzte klagend. Kim schluckte und zwang sich, den Kopf zu heben. Octavia ruhte nach wie vor auf ihrer Liege. Ihre Augen waren kalt, die Lippen schmal. Kim war sich nicht sicher, aber für einen Moment glaubte sie, den Anflug eines Lächelns auf dem Gesicht der Römerin zu sehen. Ihr Bruder hingegen wirkte ernstlich betroffen.

„Aber wie konnte das geschehen?", rief jemand.

Caesarion straffte die Schultern. „Für jeden von uns wird die Zeit kommen, aus dieser Welt in das Reich von Osiris zu gehen. Manche haben die Macht, den Zeitpunkt selbst zu bestimmen. Die göttliche Kleopatra hatte die Möglichkeit und sie wählte diesen Weg. Sie ließ sich von einer Kobra beißen."

Der Arzt hinter Caesarion nickte betrübt.

Kim ballte wütend die Fäuste. „Aber das stimmt doch gar nicht", wisperte sie Leon und Julian zu. „Was wird hier gespielt?"

„Sei lieber still", flüsterte Leon. „Wenn bekannt wird, was wir wissen, könnte es gefährlich werden. Denn die Mörder werden uns als Zeugen beseitigen wollen."

Kim biss sich auf die Unterlippe. Mit klopfendem Herzen schaute sie zu den Soldaten hinüber, die an den Eingängen zum Prunksaal wachten. Aber die Soldaten hatten Kim und ihre Freunde nicht im Visier. Auch sie schauten fassungslos zu Caesarion. Kleopatras Sohn lobte seine tote Mutter noch in den höchsten Tönen. Dabei wirkte er seltsam aufgekratzt. Schließlich beendete er das Fest und die trauernde Gesellschaft löste sich auf. Auch die Freunde wurden samt den Tieren hinausgeschickt. Nachdem sie die drei dicken Katzen in ihrem Käfig abgeliefert hatten, durften sie sich endlich in ihre Kammer zurückziehen. Völlig erschöpft sanken Leon und Kim auf ihre Matten. Julian ging zum einzigen Fenster und schaute hinaus.

„Ist wirklich Gift an der Flöte?", überlegte Leon laut. „Das sollten wir morgen überprüfen und ..."

„Psst!", machte Julian in diesem Augenblick.

„Was ist?"

„Da kommen Leute!"

Sofort schlichen Kim und Leon zum Fenster. Und jetzt sahen sie es auch: Aus Richtung des Palastes kamen geduckte Gestalten auf die Unterkunft der Diener zu. Sie trugen Lanzen und keiner von ihnen hatte eine Fackel dabei.

„Wollen die etwa zu uns?", fragte Kim mit bebender Stimme.

„Bestimmt", erwiderte Leon. Angst schnürte ihm die Kehle zu. „Weil du etwas gesehen hast, was du womöglich besser niemals gesehen hättest!"

Julian hastete zur Tür. „Los, wir müssen abhauen. Schnell!" Schon riss er die Tür auf.

Der erste der Männer war vielleicht noch zwanzig Meter entfernt. Gehetzt blickte sich Julian um: Wo sollten sie hin? Rechts führte der Weg zum Park mit den Teichen, gegenüber zu den Ställen.

„Kommt!", rief Julian und rannte nach rechts. Leon, Kim und Kija folgten ihm.

Da ertönte ein knappes Kommando. Im Rennen warf Julian einen Blick über die Schulter. Die Männer hasteten ihnen nach. Und sie kamen sehr schnell näher. Mit jagendem Puls erreichte der Junge die Brücke.

Oh nein, durchfuhr es ihn, hoffentlich rutschten sie dort nicht auch aus. Oder war die Brücke schon erneuert worden? Keine Zeit zum Überlegen. Es gab nur diesen einen Weg!

Julian sprang über die Absperrung auf die Brücke. Sein linker Fuß rutschte weg, er verlor das Gleichgewicht und krachte auf das Holz. Ein höllischer Schmerz schoss in sein linkes Knie. Leon und Kim ging es nicht besser. Nur Kija blieb auf allen vieren. Sie grub ihre Krallen in die Bretter und kam voran.

„Wir machen es ihr nach!", rief Julian, rappelte sich auf und krabbelte auf Händen und Füßen weiter. Schon hatte er die Mitte der Brücke erreicht. Aus dem Augenwinkel bemerkte er jetzt einen länglichen Schatten, der aus dem Schilf auf ihn zukam: ein Krokodil! Hinter Julian wurden Flüche laut. Er schaute zurück und sah, dass die Soldaten ebenfalls auf der Brücke gestürzt waren. Dann folgte ein Schrei, der Julian das Blut in den Adern gefrieren ließ.

Kim! Sie lag auf dem Rücken und trat wild um sich. Zwei Männer versuchten, ihre Beine zu packen. Mit einem Satz sprang Kija über Julian hinweg und stürzte sich auf die Angreifer. Sie fauchte und teilte mit ihren rasiermesserscharfen Krallen heftig aus.

„Wir müssen ihnen helfen!", brüllte Leon. Ohne groß nachzudenken, warf er sich ins Getümmel. Auch Julian überwand seine Furcht. Zum Glück war die Brücke so schmal, dass nur zwei Männer nebeneinander dort Platz hatten.

Kim trat einem der Soldaten mit voller Wucht vor die Brust. Der Mann schrie auf und fiel von der Brücke. Entsetzt sahen die Freunde, wie das Krokodil auf ihn zuschwamm. In diesem Moment warf einer der anderen Soldaten seinen Speer, der genau vor der Schnauze des Tieres ins Wasser zischte. Das Krokodil wechselte den Kurs und dem Soldaten gelang die Flucht aus dem Teich.

Jetzt stürzten sich die Angreifer wieder auf die drei Kinder. Der Kampf war hart und kurz. Kim, Leon und Julian wurden niedergerungen und an den Händen gefesselt. Die Soldaten bändigten Kija mit einem Netz und steckten sie in einen Sack, in dem sie sich wie wild gebärdete.

„Was wollt ihr?", rief Julian verzweifelt.

Doch die Männer antworteten ihm nicht. Sie trieben ihn und seine Freunde zum Palast. Es ging mehrere schmale Treppen hinunter. Die Luft wurde schlechter, es stank nach Schimmel. Vereinzelte Fackeln warfen ein trübes Licht an die schmucklosen Wände. Je tiefer sie kamen, umso kühler und feuchter wurde es. Irgendwo schlug jemand gegen eine Tür. Ein monotones Bollern, jäh unterbrochen von einem bestialischen Schrei, der in ein dumpfes Schluchzen überging. Eine Ratte huschte vor ihren Füßen entlang.

„Die stecken uns ins Verlies", sagte Leon leise.

Der Mann, der voranging, sperrte eine Tür auf. Dann wurden Julian, Kim und Leon in einen finsteren, stinkenden Raum gestoßen. Kija flog in ihrem Sack auf den Boden, landete aber sicher. Die Tür krachte hinter ihnen ins Schloss, ein Riegel wurde vorgeschoben. Im Licht eines einzigen Öllämpchens erkannten die Freunde ein niedriges Gewölbe, von dessen Decke Wasser tropfte. Auf dem Boden lagen dreckiges Stroh, ein paar Knochen und schimmelige Brotreste.

Kim schluckte, beugte sich dann zu dem strampelnden Bündel hinab und befreite Kija. „Na toll", sagte sie. „Ein dreckiges Loch, nichts zu essen und zu trinken, keine Betten und niemand, der ..."

Ein irres Kichern ließ sie verstummen. Das Mädchen schoss herum. Hinter ihnen hockte ein bärtiger Mann mit verfilzten Haaren. Seine Kleidung bestand nur noch aus Lumpen.

„Besuch, wie nett", sagte er mit heiserer Stimme. „Und es sieht so aus, als wäre er von Dauer." Wieder lachte er.

„Wer bist du?", fragte Julian.

Der Bärtige hob die Schultern. „Ein Leben zählt hier nichts, ein Name erst recht nicht. Ich bin nur ein Betrüger, habe Salben und Tinkturen verkauft, die leider gar nichts nützen. Nun bin ich schon ein Weilchen hier." Er stand auf und kam einen Schritt auf die Freunde zu.

Sein linkes Auge fehlte, das rechte war milchig weiß. „Und wer seid ihr?", fragte er.

Julian schluckte. Dann übernahm er wie üblich das Vorstellen. Außerdem berichtete er noch von Kleopatras Tod. Dabei kam ihm ein Gedanke. Der Mann schien sich offenbar mit Kräutern auszukennen. Etwa auch mit Gift?

Als Julian geendet hatte, ließ sich der Mann ohne Namen langsam neben der Tür zu Boden sinken. „Tot?", fragte er tonlos. „Wisst ihr, wie sie starb?"

Julian antwortete ausweichend. Dann stellte er eine Frage: „Wir haben gar keine Ahnung, was man uns vorwirft. Gibt es eigentlich einen Prozess oder so etwas?"

„Wenn ihr Glück habt und man euch nicht vergisst!", antwortete der Mann ohne Namen und lachte auf seine irre Art.

Gut, dachte Julian, das war eine Chance. Er hoffte, dass man sie bei Tagesanbruch hier herausholen wollte. Womöglich, um sie zu verhören. Das war ihre einzige Chance. Aber bis dahin wollte er die Zeit nutzen.

„Du hast also Tinkturen und so etwas verkauft?", fragte er den Bärtigen freundlich.

„Ja", antwortete der Mann bereitwillig und prahlte mit seinen Betrügereien. „Mein Liebestrank und meine Giftmischungen fanden immer reißenden Absatz, ich verkaufte sie auf den Märkten in den Städten und den Oasen."

„Giftmischungen?", fragte Julian interessiert nach.

Der Mann grinste schief. „Ja, aber es war ein ganz harmloses Pulver. Doch die Leute haben es gern gekauft, um irgendjemanden in das Reich von Osiris zu schicken. Ich kann überhaupt kein Gift zusammenmischen. Es gibt in ganz Alexandria nur einen, der das wirklich beherrscht. Man nennt ihn den Skorpion. Er ist ein Freund von mir."

Nun waren auch Leon und Kim hellhörig geworden.

„Was für ein ungewöhnlicher Spitzname", sagte Julian. „Und wie heißt er richtig?"

„Akif", erwiderte der Mann. „Er wohnt im Hafen. Dieser Mann arbeitet mit tödlicher Präzision. Aber man konnte ihm noch nie etwas nachweisen. Außerdem hat er sehr einflussreiche Freunde im Palast." Er seufzte. „Das unterscheidet ihn von mir."

Julian nickte gedankenverloren. Ihn schauderte. „Ich bin müde", sagte er dann. „Wir sollten jetzt besser schlafen."

Wieder zuckte der Mann ohne Namen nur mit den Schultern. Er ließ den Kopf auf die Brust sinken. Kurz darauf schnarchte er.

Die Gefährten kauerten auf dem klammen Stroh. Keiner von ihnen wagte es, sich hinzulegen.

„Der Skorpion!", flüsterte Leon. „Der Mann könnte uns sicher sagen, ob die Flöte vergiftet ist!"

Doch Julian tippte sich an die Stirn. „Das habe ich erst auch gedacht, aber dieser Kerl ist ein Mörder!"

„Was sollen wir sonst machen?", fragte Leon.

„Erst mal müssen wir hier raus", sagte Kim nüchtern. „Und jetzt lasst uns wirklich versuchen, ein wenig zu schlafen."

Und so lehnten sich die Freunde an das kalte Gemäuer und fielen in einen unruhigen Schlaf.

Wenige Stunden später wurden sie unsanft geweckt. Wachen zerrten sie aus dem Verlies und stießen sie die Treppen hinauf. Wieder fiel kein einziges Wort. Gierig sogen die Freunde die Luft ein, die sich Stufe für Stufe verbesserte. Schließlich sahen sie das Sonnenlicht wieder, das ihnen warm entgegenflutete. Die Freunde blinzelten. Man trieb sie durch den Palast und zu ihrer Überraschung fanden sie sich kurz darauf im Prunksaal wieder. Dort folgte die nächste Überraschung. Denn auf dem Pharaonenthron saß Caesarion, umgeben von einer Schar von Dienern und Beamten, von denen einer ein Schreiber war, der im Schneidersitz auf dem Boden saß, eine Papyrusrolle in der Hand.

Caesarion auf dem Thron … Das geht aber schnell!, dachte Julian. Offenbar hatte Caesarion schon die Macht an sich gerissen!

„Ah, die kleinen Katzendiener", begrüßte Caesarion sie. Er trug ein eher schlichtes, schneeweißes Gewand, das mit geflochten Bordüren verziert war, eine protzige Edelsteinkette und einen breiten Goldreif am linken Unterarm. Ein selbstgefälliges Lächeln umspielte seine Lippen. Doch unvermittelt funkelten seine Augen zornig. „Auf die Knie!", schrie er.

Sofort gehorchten die Gefährten.

Caesarion wandte sich an Kim. Seine Stimme war schneidend: „Du, so habe ich gehört, warst vergangene Nacht bei meiner Mutter. Hast bei ihr gewacht und … alles … gesehen."

Als Caesarion keine Antwort erhielt, blaffte er die Kinder an: „Erhebt euch! Und jetzt rede, Mädchen!"

Julian warf einen Blick auf Kim. Sie wirkte ruhig und furchtlos. Zum Glück, denn jeder Fehler konnte jetzt schlimme Folgen für sie haben. Ganz offensichtlich versuchte Caesarion herauszufinden, was Kim wusste. Aber wollte er wirklich nur die Umstände des Todes seiner Mutter klären? Oder steckte Caesarion etwa selbst hinter dem Mord? Hatte er Kleopatra töten lassen, um auf den Thron zu gelangen?

„Ja, ich war bei ihr", antwortete Kim jetzt mit fester Stimme.

Caesarions Stimme wurde gefährlich leise. „Und?"

Kim streckte das Kinn vor. „Ich folgte ihren Befehlen,

legte mich neben ihre Ruhestätte und wachte über ihren Schlaf."

„Und dann?"

Kim schaute zu Boden. „Irgendwann muss ich eingedöst sein. Die Königin weckte mich. Sie war wütend, weil ich eingenickt war und schickte mich fort."

Eine gute Notlüge!, dachte Julian.

„Dir ist also nichts Verdächtiges aufgefallen?", hakte Caesarion nach.

Julian wurde heiß. Jetzt musste Kim aufpassen. Julian sah ihr an, dass sie scharf nachdachte. Wenn Caesarion wirklich den Mord in Auftrag gegeben hatte, würde er Kim als mögliche Zeugin beseitigen lassen!

„Nein", erwiderte Kim.

Caesarion massierte seine Schläfen. Seine Stimme klang eisig, als er fragte: „Bist du dir sicher, dass du nichts vergessen hast?"

Kims Kehlkopf hüpfte wie ein Jojo. „Ja."

Ein dünnes Lächeln erschien auf Caesarions Gesicht. „Wir haben Möglichkeiten, die Wahrheit herauszufinden. Tief unten im Verlies, wo niemand dich hören wird, wenn du um Gnade flehst. Ich hätte dich und deine Freunde auch dort verhungern lassen können."

Julians Nackenhaare stellten sich jäh auf. Kleopatras Sohn spielte mit ihnen und ihrer Angst. Die Nacht im Verlies hatte sie einschüchtern sollen.

Caesarion hörte auf zu lächeln. „Ein Fingerschnippen, und ihr seid wieder dort", sagte er hart.

Julian schloss die Augen.

Die Sackgasse

„Ich sage die Wahrheit", erwiderte Kim.

Caesarion nickte bedächtig. „Nun gut, beim Amun, ich will dir glauben. Ich weiß, dass meine Mutter euch vertraut hat. Also werde ich euer kleines, armseliges Leben schonen. Ihr werdet euch weiter um die heiligen Katzen kümmern und den Palast nicht mehr ohne meine Erlaubnis verlassen." Er machte eine Handbewegung, als wollte er ein paar lästige Fliegen verscheuchen. „Und jetzt raus mit euch. Ich muss die Trauerfeiern für meine Mutter vorbereiten – und natürlich meine Krönung zum König von Ägypten."

Kurz darauf waren die Freunde im Katzenkäfig. Die drei dicken Katzen lagen faul herum und blinzelten schläfrig.

„Das ging ja noch mal gut", sagte Leon, während er die goldenen Fressnäpfe füllte. „Aber womöglich hat uns Caesarion nur verschont, weil er kein weiteres Aufsehen erregen wollte. Wie hätte es ausgesehen, wenn er uns beseitigt hätte? Wie ein Schuldeingeständnis! Bestimmt hat es sich im Palast herumgesprochen, dass Kim die Letzte war, die Kleopatra lebend gesehen hat. Ich frage mich nur, ob das Verschwinden der Flöte aufgefallen ist."

„Sicher", vermutete Julian. „Seltsam, dass Caesarion nicht danach gefragt hat."

Leon wiegte den Kopf. „Nein, das konnte er nicht. Damit hätte er ja zugegeben, dass er weiß, was Kleopatra getötet hat. Möglichkeit Nummer zwei: Er hat mit dem Mord überhaupt nichts zu tun und weiß gar nichts von der vergifteten Flöte. Also vermisst er sie auch nicht. Wir sollten Octavia nicht aus den Augen verlieren, Leute!"

„Vielleicht ist das Zeug an der Flöte auch ganz harmlos. Das müssen wir unbedingt herausfinden", sagte Julian leise. „Am besten gehen wir in die Bibliothek. Dort werden wir noch am ehesten jemanden finden, der uns helfen kann."

Kim zog die Augenbrauen hoch. „Caesarion verlangt, dass wir uns bei ihm abmelden."

„Das kommt nicht in Frage", sagte Leon. „Wir hauen bei der nächstbesten Gelegenheit einfach ab. Caesarion kann seine Augen nicht überall haben."

„Vielleicht doch", warf Kim ein. „Er könnte uns zum Beispiel beschatten lassen."

„Natürlich könnte er das", entgegnete Leon. „Dann

müssen wir eben gut aufpassen und uns nicht erwischen lassen. Denn eins steht fest: Hier im Palast kommen wir nicht weiter!"

Kim nickte. „Also gut, dann versuchen wir es. Was meinst du, Julian?"

„Bingo, bin dabei! Wir müssen in die Bibliothek!"

Ihre Stunde schlug gegen Mittag, als sie mit der Arbeit fertig waren. Re, Gott der Sonne, hatte seine ganze Kraft entfaltet und Alexandria brütete unter einer Hitzeglocke. Wer konnte, zog sich an einen kühlen Ort zurück. Der Park war nun menschenleer. Im schmalen Schatten der Palastmauern eilten die Freunde zum Tor, wo zwei Soldaten vor sich hin dösten. Erneut erzählten sie ihre Geschichte von den kranken Katzen und durften hinaus.

Kija lief voraus und führte sie zunächst wieder in den Hafen. Auf der Höhe eines Wirtshauses blieb die Katze unvermittelt stehen. Sie drehte sich um und machte einen Buckel. Leon, der direkt hinter Kija war, schaute über die Schulter. Ein Mann verschwand hinter einem hoch mit Obst beladenen Karren, vor den ein Ochse gespannt war. Ein Verfolger?

„Was ist?", fragte Kim besorgt.

„Ich glaube, dass sich jemand an unsere Fersen geheftet hat", wisperte Leon. „Nicht umdrehen, sonst bemerkt er, dass wir ihn gesehen haben. Aber vielleicht können wir ihn abhängen. Seht ihr die Gasse gleich neben der Schenke?"

Kim und Julian nickten.

„Daneben steht der Stand eines Schmuckhändlers", flüsterte Leon. „Wir gehen an dem Stand vorbei, dann schlagen wir einen Haken und rennen in die Gasse. Dort können wir den Kerl bestimmt loswerden!"

Schon schlenderten die Freunde auf den Stand zu. Dann ging alles blitzschnell. Sobald sich die Gasse neben ihnen öffnete, schlüpften die Gefährten hinein und rannten los. Das Sträßchen machte einen scharfen Knick. Leon blickte noch einmal zurück. Niemand zu sehen, hervorragend! Doch da ertönte ein Pfiff, ein schrilles Alarmzeichen. Offensichtlich wurden sie tatsächlich verfolgt. Sie hasteten an einer Töpferwerkstatt vorbei, folgten dem Gässchen, das in einem sanften Bogen nach links schwenkte, flitzten unter einer Wäscheleine hindurch – und mussten plötzlich abbremsen. Sie waren in eine Sackgasse geraten.

Die Gefährten schossen herum. Das, was sie jetzt erblickten, verschlug ihnen die Sprache. Es war nicht nur ein Verfolger, es waren gleich sechs bis an die Zähne bewaffnete Männer. Ihre muskulösen, nackten Oberkörper glänzten vor Schweiß. Ein knappes Kommando, dann stürzten sich die Soldaten auf die Gefährten, die diesmal gar nicht erst den Versuch machten, sich zu wehren.

Erneut wurden sie in den Palast gezerrt. Als sie den Prunksaal erreicht hatten, wurden die Kinder zu Boden gestoßen. Sie wagten nicht aufzuschauen.

„So schnell sieht man sich wieder", hörten sie Caesarions Stimme. „Mir scheint, ich habe vorhin einen Fehler gemacht. Das wird mir nicht noch einmal passieren. Schaut mich an!"

Widerstrebend gehorchten die Freunde. Der junge Herrscher saß breitbeinig auf dem Thron. Hinter ihm stand ein Diener, der ihm mit einem Palmwedel Luft zufächelte. Caesarion starrte die Freunde durchdringend an. Seine Augen funkelten kalt. „Ihr habt euch aus dem Palast geschlichen und gegen meinen Befehl verstoßen. Wo wolltet ihr hin?", fragte er lauernd.

Julian spürte die Blicke seiner Freunde auf sich ruhen. „Nun, Eure Stadt ist wunderschön", begann er unsicher. „Und weil wir sehr wissbegierig sind, wollten wir …"

„Wissbegierig, ach so …", unterbrach Caesarion ihn. Er nahm mit spitzen Fingern eine Olive von einem Silbertablett, das auf einem Beistelltischchen mit Mosaikmuster stand.

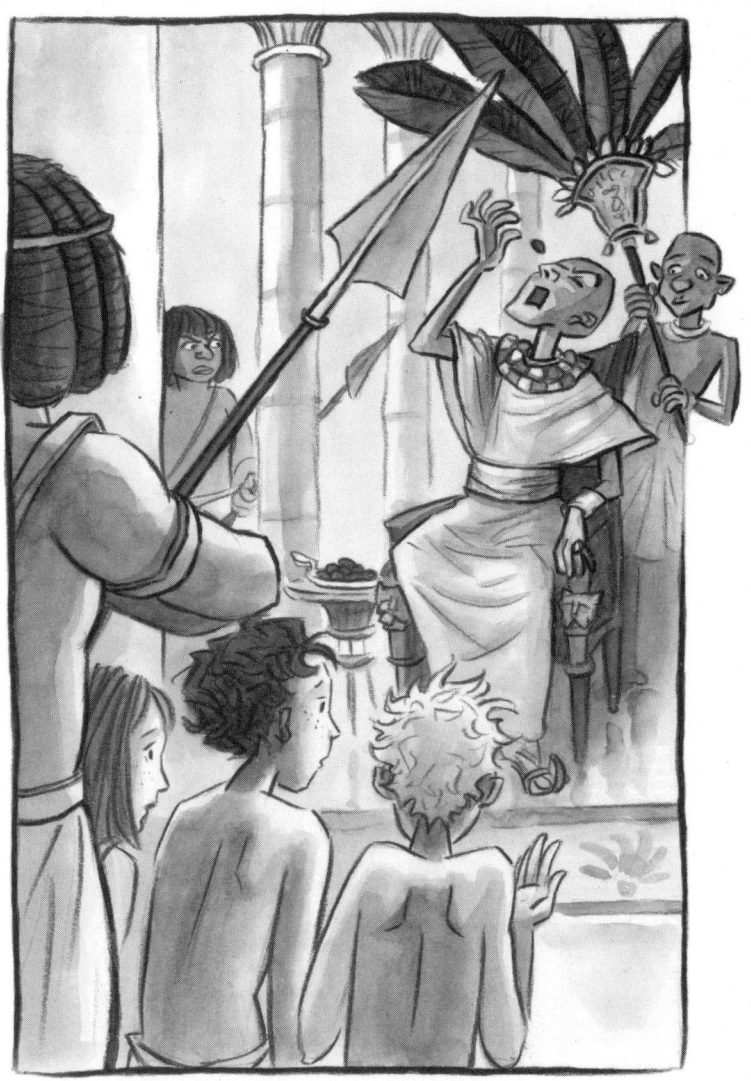

„Ich habe das Gefühl, dass ihr mir etwas verheimlicht", sagte er. „Meine Großmut hat jetzt ein Ende. Wenn ihr nicht redet, werdet ihr das Licht der Sonne nie wiedersehen."

Julian verließ jeder Mut. Was sollte er denn sagen? Die Wahrheit? Aber was, wenn Caesarion hinter dem Mord an Kleopatra steckte? Er brauchte eine gute Ausrede, etwas, was den Herrscher zufriedenstellte! Aber ihm wollte nichts einfallen! Angst stieg in ihm auf. Es war, als legte sich eine eiskalte Hand um sein Herz und drückte langsam zu.

Caesarion spuckte den Olivenkern auf einen Teller, den ihm ein Diener hinhielt. „Ich sehe schon, ihr seid völlig ..."

Weiter kam er nicht. Ein Speer flog über die Köpfe der Freunde hinweg und nagelte den Palmwedel an die Wand. Der Diener schrie, als habe ihn die Waffe durchbohrt. Caesarion warf sich flach zu Boden. Augenblicklich bildeten seine Wachen einen menschlichen Schutzschild.

Die Freunde fuhren herum. Eine Horde Krieger in kurzen schwarzen Tuniken drängte in den Saal, angeführt von einem bulligen Mann, der ein langes Schwert in der einen, und eine wuchtige, zweischneidige Streitaxt in der anderen Hand schwang. Entschlossen deutete er auf den Herrscher und stieß einen furchtbaren

Kampfschrei aus. Dann stürmten die Krieger auf Caesarion zu. Die Freunde befanden sich genau zwischen den beiden Parteien. Ihre Augen weiteten sich vor Entsetzen.

Eine Stadt in Aufruhr

Kija reagierte am schnellsten und brachte sich mit einem Sprung zur Seite in Sicherheit. Jetzt endlich reagierten auch Leon, Kim und Julian. Im letzten Moment machten sie den Weg für die Angreifer frei, die sie sonst zweifellos einfach über den Haufen gerannt hätten. Aber auch die Verteidiger hatten sich formiert, ihre Waffen im Anschlag. Heftig prallten die beiden Reihen aufeinander. Funken stoben, als zwei Schwerter sich trafen. Einer der Angreifer wurde von einem Kinnhaken gefällt wie ein morscher Baum von einer scharfen Axt. Dann bekam einer der Verteidiger einen Hieb vor die Brust, der ihn aus den Sandalen hob und auf das hübsche Beistelltischchen katapultierte, das unter der Last augenblicklich zersplitterte. Unvermittelt segelte das Silbertablett auf einen der Angreifer zu, der sich gerade noch ducken konnte. Aber der Mann dahinter war zu langsam, bekam es an den Kopf und ging zu Boden. Der Anführer der Eindringlinge versuchte, sich mit wuchtigen Schlägen seiner Streitaxt einen Weg zu Caesarion zu bahnen.

Der junge Herrscher krabbelte auf allen vieren aus der Gefahrenzone und hetzte zum hinteren Ausgang des Saals. Wieder ertönte ein furchtbarer Schrei, ein Pfeil sauste durch den Raum, dem Fliehenden hinterher.

„Caesarion!", gellte eine Stimme.

Der Herrscher tat instinktiv das einzig Richtige – er duckte sich. Der Pfeil streifte seinen Kopf und Caesarion schrie auf. Er presste die Hände auf die Wunde, aus der Blut sickerte. Aber er entkam, während der Kampf weiterwogte.

„Weg, wir müssen auch weg!", brüllte Leon und lief los.

Seine Freunde folgten ihm. Sie flitzten am Thron vorbei, der genau in diesem Moment von einer Lanze durchbohrt wurde und nach hinten umschlug. Ungehindert gelangten auch die Gefährten durch den Hinterausgang. Dort lagen zwei bewusstlose Palastwachen auf dem Boden. Von Caesarion war jedoch nichts zu sehen.

„Was ist hier los?", fragte Kim atemlos.

„Keine Ahnung", rief Leon. „Ich weiß nur eins: raus hier!" Er rannte voran, führte sie in den Park, vorbei an den fetten Katzen und dem Krokodil.

Auch hier war weit und breit keine Menschenseele zu sehen. Erschöpft gelangten sie zum Palasttor. Niemand hielt Wache. Erleichtert stürmten die Kinder hindurch.

Erst jetzt kamen ihnen ägyptische Soldaten entgegen. Es war eine ganze Hundertschaft, die von einem Hauptmann kommandiert wurde. Die Männer stürmten an den Gefährten vorbei, ohne sie zu beachten.

„Sieht so aus, als habe jemand Alarm schlagen können", rief Julian. „Die Soldaten werden Caesarion zu Hilfe eilen!"

Wenig später erreichten sie völlig ausgepumpt einen Platz im Hafenviertel. Aus einem öffentlichen Brunnen schöpften sie Wasser, tranken und hockten sich dann auf die Steinstufen des sechseckigen Bauwerks.

„Wer waren die Angreifer?", überlegte Leon laut.

„Vielleicht war es ein Putsch", sagte Kim, während sie in Kijas fragende Augen schaute.

Julian sah sie überrascht an. „Wie kommst du denn darauf? Ich denke eher, dass es Römer waren."

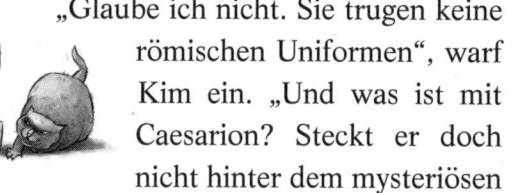

„Glaube ich nicht. Sie trugen keine römischen Uniformen", warf Kim ein. „Und was ist mit Caesarion? Steckt er doch nicht hinter dem mysteriösen Tod seiner Mutter? Sollten wir uns bei unseren Nachforschungen besser auf Octavia konzentrieren?"

Leon wusste keine Antwort. Langsam ließ er seinen Hinterkopf gegen das kühle Gemäuer sinken. Hinter seiner Stirn mit den vielen Sommersprossen arbeitete es. Caesarion und Octavia: Beide waren verdächtig, beide hatten ein Motiv. Oder mussten sie Caesarion nach dem Überfall als Verdächtigen streichen? Leon schwankte. Einiges sprach dafür, schließlich schien Caesarion selbst Opfer zu sein. Aber vielleicht hatte er sich bei seinem Kampf um die Macht auch nur verrechnet, womöglich gab es jemanden, der ebenfalls sehr mächtig war und der nun versuchte, Caesarion auszuschalten, um selbst auf den Pharaonenthron zu gelangen. Fakt war: Im Palast schien ein Machtkampf zu toben, und weder Leon noch Julian oder Kim konnten wissen, wer im Moment das Sagen hatte.

Rufe wurden laut. Leon entdeckte eine Gruppe von Männern, die wild diskutierten. Er konnte einige Worte aufschnappen. Immer wieder hörte er die Namen Kleopatra und Caesarion. Natürlich, dachte Leon. Der Tod der schönen Pharaonin war Stadtgespräch. Aber hatte sich der Überfall auf ihren Sohn schon herumgesprochen? Wohl kaum.

Leon ließ seinen Blick schweifen. Er bemerkte noch andere Gruppen von Menschen, die zusammenstanden und redeten. Alle wirkten erregt. Spannung lag in der Luft, auch wenn das alltägliche Leben teilweise seinen Gang ging. So wurde nur ein paar Schritte von ihnen entfernt ein Handelsschiff entladen. Ein Schreiber machte sich Notizen. In der Nähe des Brunnens spielte ein Mädchen mit einer Art Rassel – einem mit Samenkörnern gefüllten Stoffball. Das wirkte fast normal und friedlich. Doch in diesem Moment betrat ein Trupp römischer Soldaten den Platz. Die Legionäre schauten sich um. So, als suchten sie jemanden. Leon beschlich ein merkwürdiges Gefühl. Hielt man etwa nach ihnen Ausschau? Oder sah er jetzt schon Gespenster? Andererseits hatte Kim nach wie vor die Flöte.

„Köpfe runter", zischte Leon. Man konnte schließlich nie wissen. Zwei, drei Minuten verstrichen. Erst dann wagte Leon wieder aufzuschauen.

Der Trupp war verschwunden, aber egal, wohin er auch blickte, überall waren jetzt Legionäre. Sie waren meist zu viert oder fünft, recht unauffällige kleine Gruppen, die aber alles im Blick zu haben schienen. Nun lösten sie eine kleine Versammlung von ägyptischen Kaufleuten vor einem Gasthaus auf. Beschimpfungen wurden laut. Schließlich zog einer der Legionäre drohend das Schwert und die Ägypter wichen wütend zurück.

„Möchte mal wissen, wer Alexandria derzeit regiert", sagte Leon leise zu seinen Freunden. „Hier ist was im Gange. Und das gefällt mir ganz und gar nicht. Wir sollten uns verkrümeln!"

„Aber wohin?", fragte Kim.

„Wie wäre es mit einem Besuch bei unseren Freunden am Leuchtturm?", schlug Leon vor. „Vielleicht können wir uns dort nützlich machen und zumindest vorübergehend von der Bildfläche verschwinden."

„Gute Idee!", meinte Julian.

Leon sondierte kurz die Lage. Die Legionäre hatten jetzt rund um den Platz Stellung bezogen. Es war eine Drohgebärde, die ihre Wirkung nicht verfehlte. Die Ägypter gingen ihrer Arbeit nach. Aber es war unverkennbar, dass es in der Stadt brodelte.

Auf die Freunde achteten die Soldaten jedoch nicht. Also machten sie sich unauffällig aus dem Staub und erreichten unbehelligt den gigantischen Leuchtturm Pharos.

Hapu sah sie nahen und winkte ihnen zu. Dann rief er seinen Vater Senmut heran.

„Natürlich könnt ihr bei uns arbeiten und wohnen", versprach der Lichtmeister, nachdem Leon einfach behauptet hatte, dass man im Palast keine Verwendung mehr für sie hätte. „Ich kann nach wie vor jede Hand gebrauchen."

„Aber nun berichtet, was im Palast vorgefallen ist", drängte Hapu. Er wirkte neugierig und besorgt zugleich. „Habt ihr etwas mitbekommen? Warum hat sich unsere wunderbare Königin umgebracht?"

Leon überlegte kurz. Sie konnten den beiden unmöglich etwas von ihren Ermittlungen berichten.

„Wie konnte die Kobra überhaupt in ihr Schlafgemach gelangen? Das hätte man doch verhindern müssen!", rief Hapu.

Die Lüge mit dem Selbstmord hatte also schon die Runde gemacht, dachte Leon. Hier hatte die Legende ihren Anfang genommen.

„Wenn es ihr Wunsch war", warf Senmut ein, „wird es niemand gewagt haben, sich dem zu widersetzen."

Hapu wirkte regelrecht verzweifelt. „Aber man kann ihr doch nicht eine giftige Schlange bringen!"

„Wir wissen auch nicht mehr als ihr", sagte Leon jetzt und kam sich dabei ziemlich mies vor. „Wir waren ja nur kleine Diener und keine Vertrauten der Pharaonin."

Senmut seufzte nur. Düster schaute er in den strahlend blauen Himmel über der schönen Hafenstadt. Vom Meer kam ein leicht salziger Geruch. Vögel kreischten.

„Niemand weiß genau, warum Kleopatra den Tod wählte, beim Osiris", sagte er schließlich. „Es gibt viele Gerüchte. Caesarion soll die Macht übernommen haben, was ihm ja auch zusteht. Nun, vermutlich gibt es erst einmal eine mehrtägige Trauerfeier. Dann wird die Krönung des neuen Pharaos erfolgen. Hoffentlich …"

Sein Sohn sah ihn ängstlich an. „Hoffentlich? Wie meinst du das?"

„Es sind zu viele Römer in der Stadt", sagte der Lichtmeister. „Und es scheinen immer mehr zu werden.

Das schmeckt garantiert keinem Ägypter." Er klopfte auf seine Lederschürze. "Hier habe ich ein Messer. Auch viele andere haben sich bewaffnet. Wir treffen uns heute Abend, sobald es dunkel wird. Dann werden wir beraten, wie es weitergeht. Die Römer müssen von hier verschwinden! Womöglich braucht Caesarion unsere Hilfe." Noch einmal klopfte Senmut auf seine Schürze. "Ich jedenfalls bin bereit."

Kijas Spezialeinsatz

Die Gefährten halfen drei Stunden beim Holzschleppen. Am späten Nachmittag gönnte Senmut ihnen eine Pause.

„Hier sind wir womöglich erst einmal sicher", sagte Julian zu Kim und Leon. „Aber im Leuchtturm kommen wir keinen Schritt in unserem Fall weiter. Wir müssen einen zweiten Versuch in der Bibliothek wagen. Bestimmt finden wir dort einen Experten in Sachen Gift. Oder wir bekommen heraus, was auf dem Papyrus steht, den sich Octavia ausgeliehen hat. Sie ist für mich inzwischen wieder die Hauptverdächtige!"

„In Ordnung", stimmte Kim zu. „Vielleicht hören wir dort auch ein paar Neuigkeiten, was Caesarion betrifft!"

Die Freunde machten sich auf den Weg. Kija lief voran. Im Hafen herrschte nach wie vor nervöse Anspannung. Überall waren Legionäre, hielten sich aber im Hintergrund. Auch Julian fragte sich nun, ob man nach ihnen fahndete. Das Dumme war, dass er nicht wusste, wie der Feind genau aussah. Waren es Ägypter, Römer oder die Männer, die vorhin Caesarion attackiert hatten? Womöglich würde er den einen oder anderen wiedererkennen, aber sicher war das nicht. Also versuchten die Freunde, möglichst unsichtbar zu bleiben. Julian sorgte dafür, dass sie nicht zusammen liefen, sondern in einem Abstand von etwa fünf Metern. Falls man sie suchte, würde man vermutlich nach drei Kindern und einer Katze Ausschau halten, nicht aber nach einzelnen Kindern.

Etwa zehn Minuten später hatten sie die berühmte Bibliothek von Alexandria erreicht. Doch am Eingang des Museions erlebten sie eine unangenehme Überraschung. Man ließ sie nicht hinein. Denn diesmal verlangte der kleine, griesgrämige Djeser ein Schriftstück von ihnen, das erklärte, in wessen Auftrag sie unterwegs waren. Da mussten die Gefährten passen. Wütend hockten sie sich in der Nähe des Museions in den Schatten einer Dattelpalme.

„Und was jetzt?", fragte Julian missmutig.

„Wir suchen den Skorpion", schlug Leon vor. „Das ist das Einzige, was mir noch einfällt. Er muss die Flöte unter die Lupe nehmen."

Julian stöhnte. „Der Mann ist ein Mörder!"

„Hast du eine bessere Idee?", fragte Leon leicht gereizt.

Ein Miauen ließ sie aufsehen. Es war einer dieser Maunzer, der die Freunde sofort aufs Höchste alarmierte. Kijas Schwanz peitschte von der einen zur anderen Seite. Die Gefährten folgten dem Blick der Katze – und erstarrten.

Octavia strebte mit kleinen, tippelnden Schritten auf die Bibliothek zu. Und sie hatte eine Papyrusrolle in der Hand!

„Richtig!", stieß Kim hervor. „Octavia hatte doch versprochen, den Papyrus heute zurückzubringen. Und diese Rolle brauchen wir!"

„Na klar, aber wie willst du da rankommen? Octavia wird sie dir kaum geben", erwiderte Leon. In seiner Stimme schwang leise Verzweiflung mit.

Julian sah, wie die Römerin auf sie zukam. Sie hielt den Blick gesenkt, schien ihre Umgebung nicht zu beachten. Ganz offenbar bemerkte sie nicht, dass sie sehr genau beobachtet wurde – von drei Kindern und einer ausgesprochen klugen und wachsamen Katze.

Plötzlich hatte Julian eine kühne Idee. Kim, Leon oder er würden sicher nicht an den geheimnisvollen Papyrus herankommen. Aber schließlich waren sie ja zu viert! Wenn nun Kija …

Doch weitere Überlegungen waren gar nicht nötig, denn als Octavia nur noch wenige Meter von ihnen entfernt war, schoss die Katze los. Schnurstracks und

völlig geräuschlos flitzte sie auf die Römerin zu, und ehe sich diese versah, sprang Kija ihr so vor die Füße, dass Octavia stolperte und stürzte. Dabei fiel ihr die Schriftrolle aus der Hand. Die Katze packte die Rolle und zerrte sie hinter eine Mauer. Erst jetzt begann die sichtlich verdutzte Octavia zu brüllen. Sie schüttelte die Fäuste und schrie der Katze die schlimmsten Verwünschungen hinterher. Dann unternahm sie einen halbherzigen Versuch, Kija zu folgen, brach diesen aber nach wenigen Schritten sogleich ab. Sie stampfte ein paarmal wütend mit dem Fuß auf und ging schließlich, ärgerlich vor sich hin brummelnd, zurück in Richtung Palast.

Kim konnte nur mühsam ein lautes Lachen unterdrücken. „Das war eine der besten Nummern, die Kija je gebracht hat", sagte sie anerkennend, während sie mit Leon und Julian nach dem Tier suchte.

Die Katze erwartete sie ganz in der Nähe der Mauer. Stolz hockte sie vor der Schriftrolle. Leon, Kim und Julian streichelten Kija ausgiebig, dann rollte Julian den Papyrus auf.

„Jetzt bin ich aber mal gespannt!", wisperte Kim.

Mit klopfenden Herzen begannen die Freunde den Text zu lesen.

Der Skorpion

"Das darf doch nicht wahr sein", entfuhr es Julian. "Was für eine Pleite!"

Kim ließ sich kopfschüttelnd auf den Boden sinken. "Ein Rezept gegen Rheuma, ich fasse es nicht. Octavia wollte also gar kein Gift zusammenmischen. Und ich war wirklich überzeugt, dass sie mit Kleopatras mysteriösem Tod zu tun hat. Ihr Motiv ist doch besonders stark. Kleopatra hat ihr schließlich den Mann weggenommen!"

"Jetzt verstehe ich auch, warum Octavia vorhin so wenig Einsatz gezeigt hat, um den Papyrus wiederzubekommen. Der Inhalt ist vollkommen harmlos." Julian seufzte.

"Seht es doch mal positiv", sagte Leon. "Wir haben jetzt eine Verdächtige weniger. Octavia scheint nichts mit Kleopatras Tod zu tun zu haben."

"Also bleibt nur noch Caesarion", sagte Julian. "Auch wenn mich das nicht so richtig überzeugt. Zudem ist völlig unklar, wo er überhaupt ist."

„Ja", sagte Leon. „Möchte mal wissen, wer den Machtkampf im Palast für sich entschieden hat."

„Schritt für Schritt, Jungs", sagte Kim, während sie den Papyrus zusammenrollte. „Ich bin dafür, dass wir nun doch diesen seltsamen Skorpion suchen. Der Mann ist vermutlich wirklich unsere letzte Chance, um herauszufinden, was es mit der Flöte auf sich hat. Jetzt sollten wir aber zurück zum Leuchtturm gehen, sonst wird Senmut noch sauer. Ich habe keine Lust, wieder irgendwo rauszufliegen!"

Nachdem sie dem verdutzten Bibliotheksleiter Djeser den Papyrus in die Hände gedrückt hatten, liefen sie zum Leuchtturm, wo der Lichtmeister sie bereits mit einer Menge Arbeit erwartete. Er hatte aber auch eine Neuigkeit für sie: Caesarion hatte für den nächsten Morgen eine Rede an das Volk angekündigt.

„Das ist ja mehr als interessant", wisperte Kim den beiden Jungen zu. „Es sieht so aus, als hätte Caesarion das Ruder wieder in der Hand."

Leon hob die Schultern. „Warten wir's mal ab ..."

Als sich die Dämmerung über die Stadt am Meer senkte und die ersten Lichter auf den unzähligen Booten und in den Schenken aufflammten, verließ Senmut sein Reich, um sich zu der angekündigten Versammlung zu begeben. Er hatte für die nächsten Stunden eine Vertretung eingesetzt und seinen Sohn Hapu ins Bett geschickt. Auch Leon, Kim und Julian riet er, sich hinzulegen.

„Morgen wird wieder ein harter Tag", sagte er, bevor er verschwand. Die Gefährten zogen sich brav in ihr Zimmer zurück. Doch nach einer halben Stunde machten sie sich heimlich auf den Weg ins Hafenviertel. Diesmal ging Leon voran, denn schließlich war es seine Idee gewesen, den gefährlichen Mann zu suchen.

Jetzt, als sie über den Damm auf die Häuser zustrebten, während hinter ihnen das grelle Licht von Pharos wie ein goldener Finger über das rauschende Meer strich, beschlich ihn ein mulmiges Gefühl.

„Der Mann ist ein Mörder." Julians Worte hallten in Leons Ohren wider. War es wirklich eine so gute Idee, diesen Mann zu suchen?

Julian riss ihn aus seinen Gedanken. „Wo sollen wir anfangen?", fragte er.

„Gastwirte wissen oft am besten Bescheid", sagte Kim. „Wir versuchen es in einer Schenke. Ich habe auch schon eine Idee, wie wir vorgehen!"

Kurz darauf betraten sie ein Gasthaus mit dem vielversprechenden Namen „Zum Nilpferd". Kija schlüpfte als Erste durch die offen stehende Tür. Der Schankraum war hell und freundlich. An die Wände hatte ein Maler Männer bei der Jagd auf Nilpferde gezeichnet. An den rechteckigen, blank polierten Tischen hockten einige

Ägypter vor ihren Bechern mit zähflüssigem Gerstenbier, das mit Honig gesüßt war. Einige aßen etwas, zumeist einfache Fischgerichte mit Brot. Die Freunde gingen zum Tresen, hinter dem ein kleiner Mann stand, der sie freundlich anlächelte.

Kim lächelte zurück. „Unsere Familie ist erst vor Kurzem nach Alexandria gezogen", erzählte sie. „Und leider ist unser Vater schwer erkrankt. Kein Arzt konnte ihm helfen. Sie vermuten, dass er sich eine Vergiftung zugezogen hat. Womöglich hat er etwas Schlechtes gegessen."

„Aber nicht bei mir", sagte der Wirt schnell. Sein Lächeln war verschwunden. „Ich verwende nur frische Zutaten." Eifrig begann er auf dem blitzsauberen Tresen herumzuwischen, obwohl dort noch nicht einmal ein Brotkrümel zu sehen war.

„Nein, natürlich nicht", erwiderte Kim. Sie senkte die Stimme. „Einer der Ärzte sagte, dass vielleicht eine Art Gegengift helfen könnte. Aber nur ein Mann in der Stadt würde sich damit auskennen. Und genau diesen Mann suchen wir."

Ein Schatten legte sich auf das Gesicht des Wirts. „Ihr meint doch nicht etwa …?"

Das Mädchen blickte ihn herausfordernd an. „Doch, den meinen wir. Man nennt ihn den …"

„Psst!", machte der Wirt und legte einen Finger auf

die Lippen. „Ich will mit dem Kerl nichts zu tun haben. Und in diesem Lokal ist er nie zu Gast, dafür sorge ich!"

Kim nickte. „Aber vielleicht kannst du uns sagen, wo wir ihn finden!"

Der Wirt deutete mit dem Daumen nach links. „Folgt der Straße bis zum Ende. Auch da gibt es ein Gasthaus. Man sagt sich, dass sich der Mann, nach dem ihr sucht, dort gerne aufhält. Aber ich warne euch: Ich habe noch nie gehört, dass dieser Kerl jemanden geheilt hat. Ganz im Gegenteil. Sein Name steht für den Tod."

Kim lief ein Schauer über den Rücken. Aber sie spielte ihre Rolle zu Ende. „Oje", murmelte sie. „Aber wir sehen keine andere Möglichkeit. Vielen Dank!"

Dann verließen die Freunde das „Nilpferd" und spazierten die Straße in der angegebenen Richtung hinunter. Die Straße wurde schmaler und war schließlich nur noch eine unbeleuchtete Gasse, in der es widerlich nach Fischabfällen stank. Ganz am Ende, eingeklemmt zwischen einem schmucklosen Wohnhaus und der Werkstatt eines Spiegelmachers, erhob sich ein weiteres Gasthaus, zu erkennen an einem Schild, das windschief über dem Eingang hing und eine Amphore zeigte.

„Na dann", sagte Kim und zog die Tür auf.

Die Luft war stickig. Zwei Männer hockten an einem Tisch und waren in ein Brettspiel vertieft. Sie sahen noch nicht einmal hoch, als die Freunde zu dem dritten Mann gingen, der sich in dem Raum mit der niedrigen Decke aufhielt und den sie wegen der Schürze, die er trug, für den Wirt hielten. Der feiste, stark behaarte Ägypter mit den hervorquellenden Augen saß neben dem Fenster, fächelte sich Luft zu und musterte die jungen Gäste voller Argwohn.

„Ihr sucht Akif?", fragte er, sobald Kim ihre Geschichte vom kranken Vater erneut erzählt hatte. „Wirklich?" Er begann, den Dreck unter seinen Fingernägeln hervorzupulen.

„Ja", bestätigte Kim. Sie wurde unsicher – vor allem, als sie bemerkte, dass sich Kijas Haare sträubten. War Akif etwa einer der beiden Männer, die über dem Spiel brüteten?

Der Wirt lachte lautlos und präsentierte dabei zwei höchst unvollständige Zahnreihen.

„Ihr seid mutig, sehr mutig", sagte er schließlich. „Er ist nicht hier, wohnt aber gleich nebenan."

Die Freunde verabschiedeten sich und traten auf die Straße hinaus. „Sieht nicht gerade einladend aus", murmelte Kim, als sie vor dem Nachbarhaus standen.

„Egal, wir versuchen es", sagte Leon.

Julian zog den Kopf zwischen die Schultern. „Ich glaube nicht, dass er zu Hause ist. Es brennt nirgends Licht", stellte er fest.

Doch Leon ließ sich nicht beirren. Er ging zur Tür und klopfte laut an. Dabei schwang die Tür einen Spalt auf. Ein schmaler Streifen Licht floss über die staubigen Steinfliesen im Flur. Die Freunde warteten unschlüssig. Nichts rührte sich.

„Ich sag doch, es ist keiner da!", zischte Julian beschwörend.

„Unsinn", konterte Leon. „Es ist Licht zu sehen und die Tür ist nicht verschlossen." Er bollerte erneut gegen die Tür, die jetzt ganz aufschwang.

Ein Fauchen ertönte, dann schoss ein schwarzer Schatten auf Leon zu. Instinktiv duckte er sich und sah etwas an sich vorbeifliegen – einen Kater mit einem erstaunlich breiten Kopf. Er landete auf allen vieren und stürmte augenblicklich auf Kija los. Kija parierte seinen Angriff mit einem gut platzierten Schlag ihrer messerscharfen Krallen, der den Kater auf die Nase traf und ihn in die Flucht trieb. Die Katze maunzte zufrieden. Dann stolzierte sie an den verdutzten Kindern vorbei einfach in das Haus hinein.

„Kija!", rief Julian, aber die Katze war schon verschwunden. „Na toll, was machen wir jetzt?"

„Ihr nach, oder?", sagte Leon.

„Du kannst doch nicht einfach in das Haus gehen!" Julian stöhnte.

In diesem Moment tauchte eine hagere Gestalt auf dem Flur auf. Leons Puls beschleunigte sich. Es war ein Mann, zweifellos, das sah Leon an seinem Kahlkopf, auf den von hinten etwas Licht fiel. Das Gesicht des Mannes lag im Dunkeln. Trotzdem hatte Leon das unangenehme Gefühl, dass er die Freunde anstarrte. Etwas blitzte auf und Leons Augen weiteten sich – es war ein Messer mit einer furchterregend langen Klinge.

„Wer seid ihr und was wollt ihr?", schnarrte die Stimme des Mannes.

Abwehrend hob Leon die Hände und machte einen Schritt zurück. „Wir haben etwas, das wir Euch zeigen wollen – sofern Ihr der Mann seid, den man den Skorpion nennt."

Das Messer deutete weiter auf die Freunde. „Ja, ich bin der, den ihr sucht", sagte der Mann. „Aber ich lasse mich nicht von drei kleinen Dieben hereinlegen, beim Osiris. Verschwindet!"

Kim drängte sich an Leon vorbei. Sie hielt die Flöte in den Händen. „Es geht um dieses Instrument. Wir vermuten, dass die Flöte vergiftet worden ist. Und es gibt nur einen Mann in ganz Alexandria, der prüfen kann, ob unser Verdacht stimmt – nämlich Euch."

Der Skorpion ließ sich Zeit mit der Antwort. „Kommt rein", sagte er schließlich und trat vom Flur in ein angrenzendes Zimmer.

Die Freunde folgten ihm mit klopfenden Herzen – und wären am liebsten sofort wieder umgedreht. Das rußende Licht eines einsamen Öllämpchens erhellte die in einem rostigen Rot gehaltenen Wände, auf die große Männer mit hässlichen, schwarzen Hundeköpfen gemalt waren – Bildnisse des Totengottes *Anubis*. Die Decke des Raums war schwarz wie eine mondlose Nacht. Es gab nur ein Fenster an der der Gasse abgewandten Seite.

Der Skorpion ließ sich in einen Sessel fallen. Die Gefährten erschraken, als sie sein Gesicht sahen. Irgendeine furchtbare Krankheit musste es zerstört haben. Unzählige Narben und Pusteln hatten es verunstaltet, die Haut war fahl und spannte über den Knochen wie brüchiger Papyrus. Der Mann hatte dünne, blutleer wirkende Lippen und weder Wimpern noch Augenbrauen.

Er warf Kim einen Blick zu. „Eine Flöte, sagst du?"

Kim riss sich zusammen und versuchte, nicht mehr dieses schreckliche Antlitz anzustarren. Behutsam legte sie das kleine Instrument auf den Tisch.

Der Skorpion warf einen schnellen Blick auf die Flöte. Dann faltete er die Hände vor dem Bauch. „Was könnt ihr bezahlen?"

Kim schluckte. So ein Mist, daran hatte sie gar nicht gedacht! Hilfe suchend schaute sie zu Leon und Julian. Doch die beiden zuckten nur mit den Schultern.

„Wir haben kein Geld", gestand Kim.

Der Skorpion zog eine Grimasse. „Ihr vergeudet nur meine Zeit."

„Es ist wichtig", sagte Kim schnell. „Es ist nämlich nicht unsere Flöte. Sie gehörte – Kleopatra …"

Der Mann schwieg.

„Es ist möglich, dass diese Flöte etwas mit Kleopatras Tod zu tun hat", preschte Leon vor.

„Wo habt ihr sie her?", fragte der Skorpion lauernd.

„Aus dem Palast", antwortete Kim ausweichend.

„So so, aus dem Palast", wiederholte der Mann. „Ich glaube nicht, dass Kleopatra dir das Instrument geschenkt hat, Kleine."

Kim atmete einmal tief durch. Dann sagte sie: „Ich habe sie nach dem Tod der Pharaonin an mich genommen, weil wir einen Verdacht haben und …"

Der Skorpion hob die Hand und brachte Kim damit zum Schweigen. „Genug, seid jetzt still!", befahl er. Dann zog er das Lämpchen dichter heran und beugte sich im flackernden Lichtschein über die Flöte.

Die Freunde warfen sich triumphierende Blicke zu. Gleich würden sie mehr wissen und womöglich das Rätsel um den mysteriösen Tod der berühmten Pharaonin geknackt haben!

Der Mann nahm ein schneeweißes Tuch aus einer Schublade und tupfte damit vorsichtig auf dem Mundstück herum. Dann holte er mehrere Tontöpfchen mit verschiedenen Flüssigkeiten aus einem Regal im hinteren Teil des Raumes. Der Skorpion befeuchtete das Tuch mit der ersten Tinktur und fuhr erneut über das Mundstück. Diesen Vorgang wiederholte er mehrmals. Dann roch er an dem Mundstück, wobei seine spitze Nase unmittelbar über der Flöte schwebte. Schließlich lehnte er sich in seinem Stuhl zurück. Sein Gesicht war eine ausdruckslose Maske.

„Und, ist es Gift?", fragte Kim, die vor Neugier fast platzte.

Absolut tödlich

Der Skorpion verzog den Mund zu einer Art Grinsen.

„Wer immer diese Flöte spielt, er tut das zum letzten Mal", sagte er.

„Also habt Ihr Gift am Mundstück gefunden", stieß Kim hervor.

Der Mann nickte, wobei er immer noch grinste. „Aber ja, und was für eins. Es ist absolut tödlich, mein Kind. Mir scheint", sagte er, während er die Flöte behutsam in ein Tuch wickelte, „mir scheint, dass ihr auf etwas gestoßen seid, was den einen oder anderen interessieren dürfte."

„Allerdings", erwiderte Julian. „Es beweist, dass Kleopatra vergiftet wurde."

Der Skorpion erhob sich schwerfällig. „Du sagst es. Die Frage ist nur, wer dahintersteckt."

Auch Julian stand auf. „Wir müssen sofort Alarm schlagen."

„Ja, wir laufen gleich in den Palast!", rief Leon.

Der Mann hob die Hände. „Bleibt ruhig", mahnte er.

„Das könnte gefährlich für euch werden. Ich werde gehen. Ihr bleibt so lange hier." Der Skorpion ließ die Flöte unter seinem Gewand verschwinden und ging zur Tür.

„Nein", protestierte Kim, „wir wollen mit."

Doch der Mann ignorierte ihren Einwand völlig und schlüpfte rasch aus dem Raum. Kim lief ihm hinterher und wollte die Tür aufreißen. Aber es war zu spät. Ein Riegel wurde vorgeschoben.

Das Mädchen schlug gegen die Tür. „He, was soll das?"

„Kein Grund zur Beunruhigung", sagte der Skorpion sanft. „Es ist nur zu eurer Sicherheit. Ich komme gleich wieder, verlasst euch darauf ..."

Die Freunde hörten ihn weggehen.

„Ich will hier sofort raus!", rief Kim empört. „Wieso schließt dieser Kerl uns ein?"

„Meinst du, mir passt das?" Julians Stimme zitterte. „Ich habe ja von Anfang an vor diesem Kerl gewarnt!"

Plötzlich kam ihm ein böser Gedanke: „Und was ist, wenn der Typ mit dem Mörder unter einer Decke steckt?"

Kim antwortete nicht und lief zum Fenster. Doch das war mit massiven Metallstreben gesichert. „So ein Mist!", fluchte sie.

Sie suchten zu dritt den Raum ab, fanden aber kein

Schlupfloch. Dafür fiel ihnen ein Messer in die Hände. Damit versuchten sie, die Metallstreben aufzusägen – aber es war sinnlos, die Klinge brach ab. Sie waren gefangen!

Eine Stunde bangen Wartens verstrich.

„Psst, seid mal still!", rief Julian unvermittelt.

Sogar Kija spitzte die Ohren. Ihre Schnurrbarthaare zitterten.

„Schritte, ich höre Schritte!", rief Julian. „Der Skorpion scheint zurückzukommen, aber offenbar nicht allein!"

Keine Minute später quietschte der Riegel und die Tür flog auf. Herein kamen der Skorpion und mehrere mit Schwertern bewaffnete Männer. Sie hatten die seltsamen schwarzen Tuniken an, die auch die Angreifer im Palast getragen hatten. Erneut konnten die Gefährten nicht erkennen, ob es sich um Ägypter oder Römer handelte.

„Das sind sie", sagte der Skorpion gelassen und deutete auf die Freunde. „Sie haben die Flöte gefunden."

„Ja!", rief Julian, während er die Bewaffneten musterte. Wer von ihnen war der Anführer? „Wir ..." Er brach ab. Die Männer starrten ihn und seine Gefährten stumm an.

Hier stimmte etwas nicht!

Nun bildeten die Schwertträger eine Gasse.

„Auf den Boden, Köpfe runter!", blaffte einer der Bewaffneten die Freunde an.

Vorsichtshalber gehorchten sie.

Julian zitterte leicht, als seine Stirn den staubigen Boden berührte. Wieder Schritte. Jemand kam auf sie zu. Heimlich hob Julian den Kopf ein wenig und starrte auf ein Paar Ledersandalen und den Saum einer roten Tunika.

„Köpfe runter!", rief der Bewaffnete wieder.

Erneut gehorchte Julian. Jetzt zitterte er noch stärker.

„Nun, wen haben wir denn da?", ertönte eine sonore Stimme, die den Gefährten durchaus bekannt vorkam.

„Drei neugierige Kinder und ihre Katze, die schlauer sein wollen als das römische Volk", sagte die Stimme.

Julians Gedanken rasten. Die rote Tunika und diese Stimme – der Mann, der da zu ihnen sprach, war zweifellos ein Römer und er würde wetten, dass es …

„Steht auf", sagte die Stimme. „Ich will euch in die Augen sehen, bevor ich euch, sagen wir mal, verurteile …"

Verurteilen? Welche Strafe drohte ihnen? Wie in Zeitlupe stand Julian auf. Nun schaute er dem Mann ins Gesicht. Ihm wurde schwindelig. „Octavian!"

„Ja, ich bin es", sagte der Römer ruhig. Er streckte die Hand aus, und der Skorpion reichte ihm die Flöte.

„Es ist schade um euch", sagte der Triumvir mit singendem Tonfall und lächelte. „Ihr seid kluge Kinder. Niemand außer euch ist auf die Idee gekommen, dass der Tod der großen Pharaonin mit diesem kleinen, hübschen Instrument zu tun haben könnte!"

„Dann wart Ihr es, der sie umgebracht hat! Feiger Mörder!", platzte Kim heraus.

Schon wurde sie von einem der Schwertträger im Nacken gepackt. Er drückte ihren Kopf herunter. „Wie redest du mit unserem Herrscher?", zischte der Soldat sie an.

Kim trat ihm mit voller Wucht auf den Fuß. Der Mann brüllte auf und ließ sie los, wollte sich jedoch augenblicklich wieder auf sie stürzen.

„Stopp", bremste Octavian ihn. „Lass sie in Ruhe."

Widerwillig gehorchte der Soldat. Aber in seinen Augen brannte ein gefährliches Feuer.

„Kleopatra hat versucht, auch mich zu umgarnen. So, wie ihr das einst bei Julius Caesar und später auch bei Marcus Antonius geglückt ist", sagte Octavian. „Sie wollte an der Macht bleiben, indem sie mich, den Sieger der Schlacht bei Actium, betörte. Doch ich habe sie durchschaut. Und du hast Recht, Mädchen, ich habe sie umbringen lassen. Aber es musste so aussehen wie ein

Selbstmord. Denn ein Mord hätte vermutlich einen Volksaufstand der Ägypter zur Folge gehabt. Es hätte Krieg gegeben und das wollte ich unbedingt vermeiden. Die Ägypter sollen glauben, dass ihre Königin freiwillig aus dem Leben schied – oder durch einen Unfall. Die Sache mit dem Gerüst am Leuchtturm hätte fast geklappt." Er warf einen durchdringenden Blick auf die Kinder. „Aber dann seid ihr mir dazwischengekommen!"

Julian war fassungslos. Tatsächlich steckte niemand anderes als der große Octavian hinter dem Mord!

„Und der Anschlag mit dem Öl auf der Brücke und dem Krokodil war wohl auch Eure Idee, oder?", fragte Leon jetzt.

„Allerdings", sagte der Triumvir. „Auch das wäre ein bedauerlicher Unfall gewesen. Nun, es hat ebenfalls nicht geklappt. Also musste Kleopatra Selbstmord begehen – durch den Biss einer Kobra."

Kim zog die Stirn kraus. „Deshalb kroch die Schlange also in jener Nacht in Kleopatras Schlafgemach."

„Ja, ich bestach die Palastwachen und sorgte dafür, dass sie ihre Aufgabe kurz vernachlässigten. Dann ließ ich die Schlange in das Gemach hineinschmuggeln", erwiderte Octavian.

„Was für ein brillanter Plan, Herr", heuchelte der Skorpion.

„So brillant war er nun auch wieder nicht", widersprach Kim. „Die Kobra war völlig ungefährlich!"

Auf Octavians Stirn erschien eine Zornesfalte. „Das spielt nun auch keine Rolle mehr. Die Ägypter glauben, dass Kleopatra Selbstmord begangen hat – allein darauf kommt es an, beim *Jupiter*! Es wird ruhig bleiben in Alexandria, und es wird ruhig bleiben in ganz Ägypten", fuhr er fort.

„Und ein Ägypter hat bei diesem Plan geholfen", sagte Kim kopfschüttelnd und blickte Akif geringschätzig an.

Octavian deutete ein Lächeln an. „Wieder richtig. Er ist ein unbezahlbarer Mann."

Geschmeichelt verbeugte sich der Giftmischer. „Es ist mir stets eine Ehre, Euch zu Diensten zu sein, großer Octavian."

Kim verdrehte die Augen. Dieser Kerl war auch noch ein elender Speichellecker!

„Das hoffe ich für dich", sagte der Triumvir, während das Lächeln aus seinem Gesicht verschwand.

„Also hat er das Gift an der Flöte angebracht", sagte Leon.

Der Skorpion nickte stolz. „So ist es. Eine absolut tödliche Mischung und nahezu unsichtbar. Einfach perfekt!"

„Ich bin beeindruckt", sagte Leon voller Abscheu.

Akif überhörte das. „Tja, und es liegt auf der Hand, dass ich euch aus dem Verkehr ziehen musste, als ihr mit der Flöte zu mir kamt. Ich lief geradewegs zu Octavian und alarmierte ihn. Deswegen habe ich euch auch eingesperrt. Ich hatte Angst, dass ihr untertaucht."

Leon schloss die Augen. Er war es gewesen, der die Idee gehabt hatte, zu diesem gemeingefährlichen Giftmischer zu gehen und ausgerechnet ihn, diesen Mörder, um Rat zu fragen. Er hatte seine Freunde und sich selbst in diese Situation gebracht! Wie hatte er nur so leichtfertig sein können …

„Und wir haben eine Zeit lang Octavia verdächtigt", murmelte er, mehr zu sich selbst.

„Meine Schwester?", fragte der Triumvir ungläubig. „Aber nein, sie hat nichts mit der Sache zu tun. Obgleich sie nicht allzu traurig über den Tod der großen Pharaonin war. Nun, wie dem auch sei. Zum Glück ist die Flöte wieder da. Nicht auszudenken, wenn sie in die falschen Hände geraten wäre. Zum Beispiel in die dieses Kindskopfes namens Caesarion."

„Haben Eure Männer ihn im Palast überfallen?", wollte Kim wissen.

„Aber ja, schließlich glaubt dieser Träumer, dass er auf den Thron darf. Er muss noch sehr viel lernen, vor allem Demut vor dem römischen Volk!", antwortete Octavian.

„Er scheint die Zügel aber wieder in der Hand zu haben ...", wandte Kim ein.

Der Triumvir winkte ab. „Nur vorübergehend. Natürlich hätten meine Truppen ihn einfach niedermachen können. Aber auch das hätte zu einem Volksaufstand geführt. Nein, es sollte wie eine Palastrevolte aussehen. Ich hatte lediglich einen kleinen Trupp meiner Männer in den Palast geschickt, die selbstverständlich keine römische Uniformen trugen. Aber Caesarion entkam, sammelte einige Getreue um sich und eroberte den Palast zurück. Gönnen wir ihm diese letzte Nacht im Palast. Ich werde ihn ausschalten, gleich morgen, bevor er seine große Rede halten kann. Dann ist der Weg für uns endlich frei."

Kim stockte der Atem. „Ihr werdet also auch ihn ermorden!"

„Mord? Was für ein hässlicher Ausdruck", erwiderte Octavian. „Es wird so aussehen, als sei Caesarion geflohen – nicht vor uns Römern selbstverständlich, den Freunden und Beschützern der Ägypter, sondern vor der Verantwortung."

Bedrückt sah Kim zu Boden. Da spürte sie Kija an ihren nackten Beinen und das gab ihr wieder ein wenig Kraft. Sie hob den Kopf und blickte Octavian gerade in die Augen. „Ihr habt die Flöte und damit das einzige Beweisstück. Auch wenn wir reden wollten, wird uns niemand glauben, weil wir unsere Anklage nicht belegen können. Also könnt Ihr uns gehen lassen", sagte sie.

Octavian legte den Kopf in den Nacken und lachte laut los. „Euch gehen lassen? Wie kommst du denn nur darauf?"

Das Licht

„Ein netter Versuch, aber mehr nicht", kommentierte Akif Kims Vorstoß und blickte Beifall heischend zu Octavian, der ihn aber nicht weiter beachtete.

Der Triumvir gab seinen schwarz gekleideten Soldaten den Befehl, die Freunde abzuführen. „Bringt sie in mein Hauptquartier."

„Was habt Ihr mit uns vor?", fragte Kim.

Octavian sah sie kurz an, und für einen Moment wirkte der Triumvir nachdenklich, fast bedrückt. Doch dann ging ein Ruck durch den Körper des Römers. „Ihr habt ein gefährliches Spiel gespielt. Euch musste klar sein, dass euer Einsatz sehr hoch ist. Und ihr habt dieses Spiel verloren", sagte er tonlos.

Kim spürte, wie Tränen in ihr aufstiegen. Sie fühlte sich klein und hilflos, verraten und verkauft, war traurig und wütend zugleich. Da spürte sie Leons Hand in der ihren. Trotzig wischte sie sich die Tränen aus den Augenwinkeln und schob das Kinn kämpferisch nach vorn.

Octavian, der über eine scharfe Beobachtungsgabe verfügte, war das nicht entgangen. „Du kommst doch nicht auf dumme Gedanken, oder?"

„Wir könnten sie fesseln", schlug der Skorpion vor.

Der Triumvir winkte ab. „Nein, ich will kein Aufsehen erregen, wenn wir durch das Hafenviertel laufen. Auf geht's!"

Die schwarzen Schwertträger drängten die Kinder nach draußen und nahmen sie in die Mitte. Dann ließen sie die Waffen unter ihren Gewändern verschwinden. Während der Skorpion in seinem Haus zurückblieb, setzte sich der Triumvir an die Spitze des kleinen Zuges und marschierte auf den Hafen zu.

Leon trottete mit gesenktem Kopf durch die staubige Gasse. Hinter seiner Stirn wirbelten die Gedanken. Die Römer hatten sie nicht gefesselt und geknebelt. Sollten sie um Hilfe rufen oder versuchen wegzulaufen? Nein, wegrennen kam nicht in Frage. Die Römer würden sie augenblicklich stellen und womöglich niedermachen. Und um Hilfe rufen, sobald sie den ersten Ägypter sahen? Was durften die Freunde erwarten? Dass sich der Ägypter auf die Römer stürzte? Wohl kaum. Außerdem würden die Römer sie zum Schweigen bringen, da brauchte er sich keinen Illusionen hinzugeben. Also war es vielleicht doch besser, mit ins Hauptquartier zu gehen. Vielleicht bot sich dort eine

Chance zur Flucht. Doch das war nur eine ganz schwache Hoffnung. Der Junge blickte zu den funkelnden Sternen über der herrlichen Hafenstadt hinauf. Die Nacht war mild, voller geheimnisvoller Gerüche und Geräusche. Aus einem Haus drang ein unbekümmertes Frauenlachen, und als sie an der Gaststätte „Zum Nilpferd" vorbeikamen, vernahm Leon zarte Harfenmusik, gefolgt von Klatschen. Er seufzte. Niemand ahnte, was auf der Straße vorging, dass man sie abführte und zu einem Ort brachte, wo es vermutlich kein Zurück mehr geben würde. Leon ließ den Kopf wieder sinken. Dabei geriet Kija in sein Blickfeld. Die Katze lief neben den Soldaten her, die die Gefährten flankierten. Ihr Schwanz stand kerzengerade, jeder Zoll des Tieres verriet gespannte Aufmerksamkeit.

Erneut seufzte Leon. Wie sollte Kija ihnen helfen? Und was würde aus der stolzen, klugen Katze werden? Leon hoffte, dass die Römer wenigstens sie verschonten.

Ein grelles Licht flammte auf, zerschnitt den schwarzen Himmel wie ein Schwert aus Feuer. Pharos wies den Weg nach Alexandria.

Leon presste die Kiefer zusammen. Wenn sie doch nur den gewaltigen Turm erreichen könnten! Dann könnten sie heim nach Siebenthann und dieser Albtraum wäre vorbei.

Aus den Augenwinkeln kontrollierte er die Reihen der Soldaten. Nein, da gab es kein Durchkommen.

Jetzt hatten sie den Platz am großen Hafenbecken erreicht. Etwa zweihundert Meter vor ihnen zweigte der Damm ab, der zum Leuchtturm führte, und verlor sich in der Dunkelheit. Plötzlich sah Leon, dass Kija wegrannte – und zwar direkt zum Damm.

Der Junge zupfte an seinem Ohrläppchen. Was sollte das? Doch da keimte Hoffnung in ihm auf. Womöglich würde die Katze von Senmut und Hapu aufgenommen. Bei den beiden hätte sie es bestimmt gut ... Leon beobachtete, wie Kija den Damm erreichte, mit weiten Sätzen auf ihm entlangsauste und immer kleiner wurde.

Mach's gut, dachte der Junge und schluckte. Erinnerungen stürmten auf ihn ein. Was hatten sie nicht alles für Abenteuer gemeinsam erlebt, im alten Rom, in Ägypten, Griechenland oder im Mittelalter! Aber das hier, das war die letzte Reise, zumindest für Kim, Julian und ihn selbst.

Doch irgendetwas passte nicht ins Bild. Es war nicht Kijas Art, einfach wegzulaufen. Hatte sie etwas vor? Sie rannte geradewegs zum Leuchtturm ... Der Atem des Jungen ging schneller. Vielleicht hatten sie doch eine Chance, vielleicht! Noch etwa hundertfünfzig Meter trennten sie von dem Damm. Sie mussten Zeit gewinnen! Unvermittelt blieb Leon stehen.

„Was ist los? Weiter, verdammt!", blaffte ihn einer der Soldaten an.

Leon beugte sich zu seinem linken Fuß hinab. „Einen Moment, ich bin in etwas hineingetreten. Vielleicht eine Scherbe. Es tut furchtbar weh."

Besorgt schauten Kim und Julian ihren Freund an. Er zwinkerte ihnen zu.

„Was ist da los?", zischte Octavian, der sich umgedreht hatte.

„Der Kleine hat sich wohl verletzt", sagte der Soldat ärgerlich.

Octavian packte Leon grob am Arm und zog ihn hoch. „Lass den Unsinn. Und jetzt weiter, sofort!"

Mit schmerzverzerrtem Gesicht hob Leon die Schultern. „Es geht nicht, wirklich. Ich kann nicht auftreten."

Ratlos blickte der Soldat den Triumvir an. „Soll ich den etwa tragen?"

Octavian winkte wütend ab. „Nein, ich will jedes Aufsehen vermeiden." Er sorgte dafür, dass seine Männer einen Kreis um ihn bildeten. Dann zog er sein Schwert und deutete damit auf Leon. „Bist du dir sicher, dass du nicht doch laufen kannst?"

Leon lächelte gequält. „Äh, na gut, ich will es wenigstens versuchen."

Der Triumvir lächelte kalt. „Das ist genau die Antwort, die ich hören wollte."

Leon setzte sich wieder in Bewegung. Er humpelte theatralisch und sorgte dadurch dafür, dass der Trupp erheblich langsamer vorwärts kam. Dabei warf er einen Blick zum Leuchtturm. Oben, ganz oben vor der Lichtkuppel meinte er Schatten zu erkennen.

Leon beugte sich zu Kim, die neben ihm lief, und flüsterte ihr schnell und heimlich etwas ins Ohr. Ungläubig blickte sie ihn an. Dann huschte ein Lächeln über ihr angespanntes Gesicht. Sie gab die Nachricht ebenso heimlich an Julian weiter.

Jetzt waren sie noch etwa hundert Meter von dem Damm entfernt. Leons Gedanken rasten. Hatte Kija den Turm schon erreicht? Vermutlich. Aber wie lange brauchte sie hinauf bis zur Kuppel?

Er begann zu jammern und blieb erneut stehen. Sie mussten noch mehr Zeit gewinnen! Es dauerte keine zehn Sekunden, bis Octavians Gesicht unmittelbar vor dem seinen erschien. Es war zu einer wütenden Fratze verzerrt.

„Ich habe deine Spielchen allmählich satt!", giftete der Triumvir.

„Nur eine kurze Pause, gleich wird es wieder gehen", entgegnete Leon und stützte sich auf Julian ab.

„Das hoffe ich für dich, mir reicht es langsam!", zischte der Römer böse.

Leon humpelte weiter und schaute wieder zu Pharos. Lauf, Kija, lauf!, flehte er innerlich.

Das Licht wanderte über das Meer, strich über die dunklen Wellen, ließ ihre weißen Kämme aufleuchten.

Noch fünfzig Meter bis zum Damm.

Leon schloss die Augen. Bitte, Kija!

Plötzlich erfasste das Leuchtfeuer die ersten Häuser der Stadt. Leons Herz machte einen Sprung.

„Köpfe runter, nicht hochschauen!", wisperte er Julian und Kim eindringlich zu.

Und dann, dann ging alles blitzschnell. Das Licht flutete grell über den Platz und brannte auf den Trupp hernieder. Octavian und seine Soldaten brüllten auf, als das Leuchtfeuer sie blendete. Sie wandten sich ab, aber es war zu spät. Schreiend bedeckten sie ihre Augen und taumelten wie blind umher.

„Jetzt!", schrie Leon und durchbrach die Mauer der Männer neben ihm.

Er spürte eine Hand an seiner Schulter, die ihn festzuhalten versuchte. Finger aus Stahl gruben sich in seinen Arm. Leon schlug um sich, die Hand glitt ab. Geduckt rannte der Junge weiter. Der Damm, nur noch wenige Meter entfernt. Ein Blick zurück. Kim war ihm dicht auf den Fersen – aber Julian? Wo war Julian? Leon erschrak. Sein Freund war von großen Gestalten umzingelt, die tastend die Arme nach ihm ausstrecken. Jetzt endlich gelang auch Julian der Durchbruch. Aber dann strauchelte er und stürzte. Ein Mann kam auf ihn zu. Es war Octavian, der sein Schwert gezückt hatte.

„Julian!", schrie Leon.

Julian rappelte sich hoch. Seine Knie bluteten. Er blickte sich um, sah den Römer, das Schwert über dessen Kopf, bereit zum Schlag – und erstarrte vor Angst.

„Wo seid ihr?", schrie der Römer voller Hass. „Wir kriegen euch, beim *Mars*!" Hilflos stolperte er an Julian vorbei, der jetzt endlich aus seiner Starre erwachte und zu den Freunden sprintete.

„Schnell, zum Turm!", rief Leon.

Die Freunde rannten um ihr Leben. Am Sockel von Pharos erwartete sie bereits eine gute Bekannte: Kija, die fröhlich miaute.

„Oh, du bist wirklich die Beste!", rief Leon erleichtert, nahm die Katze auf den Arm und schaute in ihre unergründlichen Augen. „Sie wird Hapu und Senmut alarmiert und auf unsere Lage aufmerksam gemacht haben. Und genau das hatte ich gehofft", erklärte Leon. „Die beiden haben erkannt, dass man uns verhaftet hat. Dann haben sie die Römer geblendet und uns so zur Flucht verholfen."

„He, was ist mit euch los?", rief ihnen jemand von oben zu. Es war Hapu. „Kommt rauf!"

Die Freunde warfen sich Blicke zu. Was jetzt?

Weitere Stimmen erklangen. Sie kamen vom Hafen. Die Gefährten erkannten nun, dass Octavian und seine Männer auf sie zukamen. Offenbar konnten sie wieder sehen.

„Schade, wir werden uns wieder einmal nicht richtig von unseren neuen Freunden verabschieden können", sagte Julian.

„Ja, sieht so aus." Kim seufzte. „Wir dürfen keine Zeit verlieren."

Leon nickte. „Wir haben ein Rätsel gelöst. Wir wissen, wie Kleopatra starb und wer dahintersteckt. Aber ein kleines, neues Rätsel geben wir selbst auf."

Julian und Kim schauten ihn fragend an.

Leon lächelte. „Nun, ich denke, dass sich Hapu und Senmut fragen werden, wo wir geblieben sind."

Dann ging er voran zu der Stelle des Sockels, an der Tempus sie in die Welt der alten Ägypter entlassen hatte.

Ein letzter Blick zurück auf die Stadt mit ihren funkelnden Lichtern, die sich tanzend auf dem Meer spiegelten, auf den hell erleuchteten Palast und den einzigartig schönen Tempel der Göttin Isis.

Rufe wurden laut, Kommandos gebrüllt. Die Römer kamen schnell näher.

„Gut, gehen wir", sagte Leon leise. Dann ging er mit Kija auf dem Arm in den Sockel hinein. Kein noch so harter Stein konnte ihn und seine Freunde aufhalten.

Tempus holte sie nach Hause. Heim nach Siebenthann.

Ein Geheimnis wird gewahrt

Kim, Julian und Leon saßen in der altehrwürdigen Bibliothek des Bartholomäus-Klosters von Siebenthann. Aber diesmal nicht, um eine neue Spur aufzunehmen und ein Rätsel zu knacken. Nein, die Freunde saßen hier, um ihre Hausaufgaben zu erledigen. Die drei hatten sich zusammengetan, um ein Referat zu halten. Thema: Schlangen. Ihre Biologielehrerin Irmtraud Wellenberg-Otenbröck verlangte, dass dieses Referat Ende der Woche fertig war. Nun blieb Leon, Kim und Julian nicht mehr sehr viel Zeit.

Kim hockte auf der Fensterbank und ließ die Beine baumeln. Auf ihrem Schoß lag ein Bildband mit zahlreichen Abbildungen von Schlangen. Neben Kim saß Kija, die mit mäßigem Interesse Kims Bewegungen verfolgte. Die Katze wirkte ungeduldig, was womöglich auch daran lag, dass Kija lieber gespielt hätte – zum Beispiel mit dem kleinen Ball, den Kim neuerdings stets dabeihatte, der aber jetzt unbenutzt und damit auch nutzlos in ihrer Hosentasche steckte und dort eine unübersehbare Beule bildete. Die Katze fixierte den gefangenen Ball und legte eine Pfote darauf.

„Gleich", sagte Kim und seufzte.

Kija maunzte voller Ungeduld.

„He, Jungs", rief Kim. „Ich habe hier ein paar prima Abbildungen, unter anderem von der Uräusschlange. Die könnten wir scannen, ausdrucken und in unser Referat einarbeiten. Das sieht bestimmt cool aus."

Leon und Julian, die an einem der Lesepulte über zwei anderen Werken brüteten, kamen zu Kim.

„Stimmt, mit den Fotos können wir garantiert punkten", sagte Leon zuversichtlich. „Julian, ihr habt doch einen Scanner, oder?"

Julian nickte. „Kein Problem, das bekomme ich hin." Er wurde nachdenklich. „Ist schon komisch, jetzt über Schlangen – und insbesondere die Uräusschlange – ein Referat zu halten, oder?"

„Ja", erwiderte Kim. „Andererseits war ich einem solchen Tier sogar mal sehr nahe …" Mit leichtem Schaudern dachte sie an die Nacht zurück, als die Schlange auf das Bett der Pharaonin zugekrochen war.

„Eine schöne Schlange", murmelte Kim. „Und ganz schön giftig. Aber nicht giftig genug, um Kleopatra zu töten. Für den Tod der Pharaonin waren Menschen verantwortlich, von denen einer den Namen eines giftigen Tieres trug – der Skorpion."

„Richtig", sagte Julian leise. „Aber diese Information darf nicht Teil unseres Referates werden. Manchmal ist das irgendwie schade."

Leon grinste. „Aber unvermeidlich. Denkt an die nächste Reise mit Tempus. Ich weiß zwar noch nicht, wohin sie uns führen wird. Aber ich weiß, dass wir das Geheimnis des Zeit-Raums wahren müssen. Sonst war die Reise zu Kleopatra unsere letzte."

Kim sprang mit dem Buch von der Fensterbank. „Stimmt. Und jetzt haben wir mehr als genug Material gesammelt."

Kija huschte um Kims Beine herum und sprang schließlich an ihr hoch. Ihre Pfote landete punktgenau auf dem Ball.

Kim lächelte. „Außerdem habe ich Kija vor unserem Ausflug an den Nil versprochen, mit ihr Ball zu spielen. Kommt ihr mit?"

„Na klar!", riefen Leon und Julian. „Und danach gehen wir ins Venezia Eis essen!"

Kleopatra, die rätselhafte Königin vom Nil

Nur wenige Frauen der Geschichte haben die Fantasie so beflügelt wie Kleopatra. Es gibt zahlreiche Spielfilme über ihr Leben, über fünfzig berühmte Maler haben sie verewigt. Viele Bücher und Dramen beschäftigen sich mit ihr, wobei das Stück „Antonius und Kleopatra" von *William Shakespeare* wohl das berühmteste ist.

Kleopatra VII. Philopator, so ihr vollständiger Name, wurde um 69 vor Christus in Alexandria geboren. Sie war die Tochter von *Ptolemaios XII. Auletes,* einem gebildeten und kulturell höchst interessierten Mann. Die Ptolemäer regierten von Kleinasien bis nach Nordafrika die Küsten des Mittelmeeres. Diese Herrscherfamilie war nach dem mazedonischen Heerführer Ptolemaios benannt, der an der Seite Alexanders des Großen gekämpft und nach dessen Tod einen Teil des Großreichs an sich gerissen hatte.

Ptolemaios XII. Auletes sorgte dafür, dass seine Tochter eine umfangreiche Ausbildung erhielt. Kleopatra sprach sieben Sprachen und war sehr musikalisch und belesen. Nach dem Tod des Vaters im Jahr 51 vor Christus bestieg Kleopatra mit ihrem Bruder *Ptolemaios XIII.* den Thron. Der Vater hatte jedoch verfügt, dass seine Kinder unter der Vormundschaft der Römer regierten. Der Grund: Das Ptolemäer-Reich wurde von mehreren Seiten bedroht, und Ptolemaios hatte den Schutz der damals aufstrebenden Supermacht Rom gebraucht, um seinen Einfluss zu wahren. Unter anderem zahlte er hohe Bestechungsgelder an Julius Caesar. Im Gegenzug verlangten die Römer von ihm weitreichende Machtbefugnisse.

Vormund des Königspaars (lateinisch = tutor mundi regis) war der römische Kaiser, damals Julius Caesar. Doch schon bald gab es unter dem Geschwisterpaar Streit um die Macht, den der jüngere Bruder – unterstützt von namhaften erwachsenen Beratern – zunächst für sich entscheiden konnte. Kleopatra musste nach Syrien fliehen. Beide sammelten Truppenverbände um sich, es drohte ein Krieg.

In dieser angespannten Lage reiste Caesar nach Alexandria, um die Streitigkeiten zu beenden. Doch die Situation eskalierte und Caesars Truppen vernichteten schließlich das Heer von Ptolemaios XIII. Auch er fiel in der Schlacht.

Nun war der Weg für Kleopatra frei, die unter dem Schutz von Julius Caesar weiterregieren durfte. Allerdings musste sie der Tradition folgend einen männlichen Mitherrscher haben – dieser wurde ihr jüngster Bruder *Ptolemaios XIV*.

Julius Caesar wurde der Geliebte von Kleopatra, obwohl er mit einer Römerin verheiratet war. Kleopatra bekam einen Sohn von Caesar, der Caesarion (griechisch = kleiner Caesar) getauft wurde. In Rom löste die Beziehung heftigste Proteste aus, zumal Kleopatra mit ihrem Hofstaat sogar nach Rom umzog. Nachdem Caesar 44 vor Christus ermordet worden war, mussten Kleopatra und ihr Sohn nach Alexandria fliehen. Wenig später starb Ptolemaios XIV. unter nie geklärten Umständen, und Kleopatra ernannte nun Caesarion zu ihrem Mitregenten.

In Rom übernahmen Marcus Antonius, Octavian (der später unter dem Namen Augustus berühmt wurde) und *Marcus Aemilius Lepidus* (der politisch unbedeutend blieb) als Triumvirn die Macht. Marcus Antonius heiratete Octavians Schwester Octavia – wohl auch, um das Bündnis der beiden mächtigen Männer zu vertiefen. Politisch gesehen war Marcus Antonius unter anderem auch für Ägypten zuständig.

Kleopatra gelang es erneut, einen römischen Herrscher für sich zu gewinnen. Auch Marcus Antonius erlag ihren Reizen und verstieß seine Frau Octavia, die in Rom sehr beliebt war. Kleopatra und er hatten drei gemeinsame Kinder (das Zwillingspaar Alexander Helios und Kleopatra Selene sowie Ptolemaios Philadelphos). Octavian wertete diese Beziehung als Verrat an Rom, vor allem, als Marcus Antonius begann, Teile des Römischen Reichs an seine Kinder, die er mit Kleopatra hatte, zu verschenken.

Am 2. September 31 vor Christus kam es bei Actium zur entscheidenden Seeschlacht zwischen dem Heer von Kleopatra und Marcus Antonius auf der einen und der Armee von Octavian auf der anderen Seite. Bei dieser Schlacht siegte Octavian deutlich.

Der römische Herrscher ließ sich Zeit damit, seinen Sieg auch in Alexandria auszukosten. Erst Ende Juli 30 vor Christus brach er nach Alexandria auf.

Marcus Antonius stürzte sich am 1. August 30 in sein Schwert, weil er ahnte, dass er keine Milde erwarten durfte. Kleopatra aber versuchte, an der Macht zu bleiben – oder sie wenigstens für ihren damals siebzehnjährigen Sohn Caesarion zu sichern. Doch diesmal gelang es ihr nicht, einen römischen Herrscher zu verführen.

Octavian ließ sie abblitzen. Am 12. August 30 starb die Pharaonin, angeblich durch den Biss einer Kobra. Das Ganze wurde als Selbstmord dargestellt. Caesarion wurde wenig später ermordet – mit ziemlicher Sicherheit im Auftrag von Octavian. Auch der kleine Alexander Helios wurde getötet. Die beiden anderen Kinder

der Kleopatra kamen in die Obhut von Octavia, die sie großzog.

Aber zurück zu Kleopatras mysteriösem Tod: Der Biss einer Kobra ist nur in den seltensten Fällen tödlich – etwa bei bereits kranken Menschen. Kleopatra aber war nicht krank. Außerdem gibt es keinen Zeugen für den Selbstmord. Der römische Autor Plutarch schrieb diese Version des Freitods nieder – allerdings hundert Jahre nach Kleopatras Tod, und berief sich dabei auf mündliche Überlieferungen aus dem Palast. Offenbar war dem Autor die Sache selbst nicht ganz geheuer. „Den wahren Hergang der Sache jedoch weiß niemand", fügt er am Ende seiner Darstellung hinzu.

„Wahrscheinlicher ist, dass Octavian die Königin umbringen und den Selbstmord vortäuschen ließ, um in Alexandria keinen Aufstand zu riskieren", vermutet dagegen heute der renommierte deutsche Archäologe Bernard Andreae. Machtpolitisch gesehen war das ein kluger Schachzug. Denn so konnte Octavian die Kontrolle über das reiche Land am Nil übernehmen – es blieb ruhig.

Kleopatra aber lebte in den Köpfen der Menschen weiter. Die kluge und machtbewusste Pharaonin ist eine der berühmtesten Frauen der Geschichte.

Glossar

Actium antike Hafenstadt im Westen Griechenlands, berühmt geworden durch die Seeschlacht 31 v. Chr. zwischen Kleopatra und Marcus Antonius auf der einen und Octavian auf der anderen Seite

Alexander der Große makedonischer König (356 bis 323 v. Chr.). Er eroberte auch Ägypten und war dort Pharao.

Alexandria Die Stadt im Nildelta wurde 331 v. Chr. von Alexander dem Großen gegründet. Rasch wuchs sie zu einer Metropole mit 500 000 Einwohnern heran. Alexandria war die Residenzstadt von Kleopatra und wurde auch wegen des Leuchtturms Pharos und der Bibliothek berühmt.

Amphore antikes Gefäß zum Lagern und Transportieren von Wein oder Öl

Amun ehemals höchster Gott der Ägypter. Er wurde sitzend mit einem Zepter oder stehend mit einer Krone und zwei Federn dargestellt.

Ankh Henkelkreuz, das ewiges Leben symbolisierte

Anubis altägyptischer Gott der Mumifizierung und der Toten, dargestellt mit dem schwarzen Kopf eines Hundes oder eines Schakals

Barke kleines Boot ohne Mast

Bastet Schutzgöttin der Ägypter, dargestellt als Katze

Caesar, Gaius Julius Er lebte vom 13.7.100 bis zum 15.3.44 v. Chr. und war ein bedeutender römischer Staatsmann, Feldherr (er eroberte Gallien) und Autor. Caesar wurde Opfer einer Verschwörung.

Caesarion lebte von 47 bis 30 v. Chr., Sohn von Kleopatra und Julias Caesar, Mitregent von Kleopatra. Nach dem Tod seiner Mutter ließ vermutlich Octavian, der spätere Kaiser Augustus, ihn ermorden.

Fries Begriff aus der Architektur: Ein Fries ist ein waagerechter, gemalter, geschnitzter oder gemeißelter Streifen, der Flächen voneinander abgrenzt.

Hathor altägyptische Göttin des Himmels, der Musik und der Liebe, oft dargestellt als Kuh

Hatschepsut ägyptische Pharaonin, um 1500 v. Chr. geboren, regierte bis zu ihrem Tod im Jahr 1457. Sie ließ unter anderem in Theben einen prächtigen Totentempel – Deir el-Bahari – für sich errichten, der dort noch heute im Tal der Könige besichtigt werden kann.

Horus falkenköpfiger Gott der antiken Ägypter, der vom Pharao/von der Pharaonin verkörpert wurde

Irep Wein

Isis altägyptische Göttin der Magie und der Heilkunst, oft als Frau mit einem kleinen goldenen Thron auf dem Kopf dargestellt, Frau von Osiris, Mutter von Horus

Jupiter in der Antike wichtigster Gott der Römer, der Himmelsvater, oft dargestellt mit einem Blitz in der Hand

Kapitell schmückender Abschluss einer Säule

Kleopatra Die letzte ägyptische Pharaonin wurde im Jahr 69 v. Chr. geboren und starb am 12.8.30 v. Chr. in Alexandria. Ihr vollständiger Name war Kleopatra VII. Philopator.

Legionär römischer Soldat. Das Wort stammt vom lateinischen Wort legere = sammeln, auslesen. Eine römische Legion hatte zwischen 4000 und 6000 Soldaten, war eine selbstständige militärische Einheit und wurde von Hilfstruppen unterstützt.

Lepidus, Marcus Aemilius römischer Politiker, bildete mit Marcus Antonius und Octavian das zweite Triumvirat, lebte von 90 bis 13 v. Chr.

Maat ägyptische Göttin der Gerechtigkeit, dargestellt als Frau mit einer Feder auf dem Kopf

Marcus Antonius römischer Politiker und Feldherr (geboren am 14.1.83, gestorben am 1.8.30 v. Chr.), Geliebter von Kleopatra

Mars römischer Kriegsgott

Museion die berühmte Bibliothek von Alexandria. Beherbergte mindestens eine halbe Million Schriftrollen (die Wissenschaftler sind sich bei dieser Zahl uneins) und war die größte und wichtigste Bibliothek der Antike. Wie es genau in der Bibliothek aussah, ist nicht bekannt, die Darstellung in diesem Buch beruht auf der Fantasie des Autors. Nicht sicher ist auch, wann die Bibliothek völlig zerstört wurde – am häufigsten werden die 70er-Jahre des dritten Jahrhunderts nach Christus genannt. Vermutlich brannte die Bibliothek bei einem Angriff des römischen Kaisers Aurelian (214 bis 274 n. Chr.) nieder.

Octavia Frau von Marcus Antonius, mit dem sie zwei Töchter hatte

Octavian römischer Politiker, geboren am 23.9.63 v. Chr., gestorben am 19.8.14 n. Chr., ab 31 v. Chr. römischer Alleinherrscher und Kaiser. Der Senat verlieh Octavian 27 v. Chr. den Beinamen Augustus (= der Erhabene).

Oktogon Fachbegriff aus der Architektur: achteckiges Bauwerk

Osiris Gott der Unterwelt, der Toten, der Auferstehung und der Fruchtbarkeit, zumeist mit Krummstab und Geißel dargestellt, Ehemann von Isis, Vater von Horus

Pharao/nin ägyptische/r König/in, wörtlich übersetzt „großes Haus"

Pharos Der Leuchtturm von Alexandria gehört zu den sieben Weltwundern. Er wurde zwischen 299 und 279 v. Chr. für umgerechnet neun Millionen Euro gebaut. Er war 150 Meter hoch und damit neben den Pyramiden von Gizeh das höchste Bauwerk der damaligen Welt. Zwei Erdbeben (1303 und 1323 n. Chr.) zerstörten den einmaligen Leuchtturm.

Plutarch griechischer Schriftsteller, Verfasser zahlreicher Biographien, lebte etwa von 45 bis 125 n. Chr.

Ptolemaios I., Ptolemäer Ptolemaios I. war ein General von Alexander dem Großen. Nach dessen Tod 323 v. Chr. übernahm Ptolemaios I. die Herrschaft in Alexandria und gründete das Reich der Ptolemäer, das bis zum Tod von Kleopatra im Jahr 30 v. Chr. Bestand hatte. Das Reich umfasste in seiner Blütezeit weite Teile des heutigen Ägyptens.

Ptolemaios XII. Auletes (Auletes = der Flötenspieler) König der Ptolemäer, Vater von Kleopatra. Er lebte von 117 bis 51 v. Chr.

Ptolemaios XIII. und Ptolemaios XIV. Söhne von Ptolemaios XII., regierten jeweils kurze Zeit mit ihrer Schwester Kleopatra

Pylon die beiden massiven Türme, die das Steintor zu einem Tempel flankieren

Re ägyptischer Gott der Sonne, zumeist dargestellt als Mensch mit einem Falkenkopf und einer Sonnenscheibe

Shakespeare, William englischer Dichter und Dramatiker, lebte vom 23.4.1564 bis zum 3.5.1616. Er gilt als der berühmteste Schriftsteller aller Zeiten.

Stadion/Stadien ein antikes Längenmaß. Ein Stadion entspricht 188 Metern. 300 Stadien entsprechen also 56,4 Kilometern.

Thot Gott des Schreibens und Wissens, aber auch der Magie, oft mit einem Pavian- oder Ibiskopf dargestellt

Triton griechische Gottheit des Meeres, Sohn des Poseidons, dargestellt mit menschlichem Oberkörper, Pferdebeinen statt Armen und einem delfinähnlichen Unterkörper. Wenn Triton in eine Muschel blies, so der Glaube der alten Griechen, konnte er das Meer aufwühlen oder beruhigen.

Triumvir/Triumvirat Triumvirat ist abgeleitet vom lateinischen tres viri (= drei Männer) und bezeichnete im antiken Rom das amtierende Herrscher-Trio. Ein Triumvir ist also einer der drei Herrscher Roms.

Tunika ärmelloses Kleidungsstück der Antike. Es bestand aus zwei rechteckigen Stoffstücken aus Wolle oder Leinen, die an den Seiten und an der Schulter zusammengenäht wurden und Öffnungen für Arme und Beine frei ließen.

Uräusschlange Die zu den Kobras zählende Uräusschlange (Naja haje) wird etwa 2,5 Meter lang. Sie lebt in Nordafrika und gilt als beißlustig. Die Grundfarbe variiert zwischen gelbbraun, braun und schwarz. Zumeist ist diese Schlange einfarbig gefärbt, seltener auch gefleckt oder mit abwechselnd graubraunen und schwarzbraunen Querbändern. Der Bauch ist immer einfarbig gelbbraun oder grau. Ihr Biss ist sehr giftig, aber nur in den seltensten Fällen tödlich. Sie ist nachtaktiv und jagt Vögel sowie Kröten. Im alten Ägypten war die Uräusschlange heilig und galt als Symbol der Pharaonenmacht. Die Ägypter glaubten, dass sie dem Pharao half, Feinde zu besiegen.

Ravensburger Bücher

Die Zeitdetektive
Spannende Reisen durch die Zeit

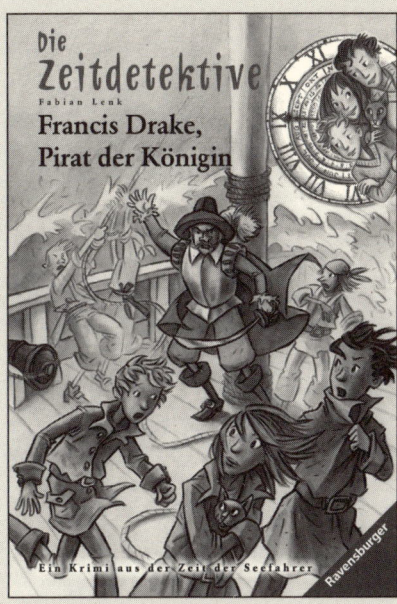

Fabian Lenk/Almud Kunert

Francis Drake, Pirat der Königin
Band 14

Karibik – 1579 nach Christus. Der gefürchtete Freibeuter Francis Drake will das spanische Schatzschiff Cacafuego entern. Aber kann er sich dabei hundertprozentig auf seine Mannschaft verlassen? Die Zeitdetektive machen eine gefährliche Entdeckung.

ISBN 978-3-473-**34533**-5

www.ravensburger.de

Ravensburger Bücher

Die Zeitdetektive
Spannende Reisen durch die Zeit

ISBN 978-3-473-**34524**-3

ISBN 978-3-473-**34525**-0

ISBN 978-3-473-**34526**-7

ISBN 978-3-473-**34527**-4

ISBN 978-3-473-**34528**-1

ISBN 978-3-473-**34531**-1

Julian, Kim und Leon entdecken das Geheimnis einer alten Bibliothek: Wer den Schritt in den magischen Zeit-Raum wagt, kann an jeden Ort in der Geschichte reisen. Doch die Zeitreisen sind alles andere als ungefährlich ...

www.ravensburger.de

Die Zeitdetektive
Spannende Reisen durch die Zeit

Habt ihr schon mal einen Abstecher auf die Homepage

www.zeitdetektive.de

gemacht? Dort könnt ihr selbst einen Ausflug in den geheimnisvollen **Zeit-Raum Tempus** machen, euch im **Forum** mit anderen Fans austauschen und am **Zeitdetektiv-Lexikon** mitschreiben. Außerdem erfahrt ihr natürlich alles über den **Autor Fabian Lenk**!

Geschätzte Leser!

Ihr ahnt bestimmt, dass ich den Besuch in meiner alten Heimat genossen habe. Ägypten, das Land der Pyramiden und der Pharaonen! Und Kleopatra war wirklich eine faszinierende Frau – so raffiniert, so klug und so tierlieb. Ja, vor allem Katzen hat sie geliebt!

Mit ihrer Liebe zu den Katzen war Kleopatra übrigens nicht allein. Nein, auch die meisten anderen Ägypter haben Katzen verehrt und sogar vergöttert! Schließlich gab es sogar eine Göttin, die als Katze dargestellt wurde.

Sicher wisst ihr, liebe Leser, wie diese Göttin heißt, oder? Mit der richtigen Antwort auf meine Frage könnt ihr auf

www.zeitdetektive.de

spannende Fakten über diese Göttin erfahren!

**Frage:
Wie heißt die ägyptische Katzengöttin?**

- **Amun**   56u649
- **Bastet** 54o669
- **Isis**   59a469

Gebt auf der Homepage einfach den Code ein, der hinter der richtigen Antwort steht – ich bin mir sicher, ihr werdet die Nuss knacken. Kleiner Tipp: Das Glossar in diesem Buch ist sehr hilfreich!

Es grüßt euch hochachtungsvoll

eure Kija